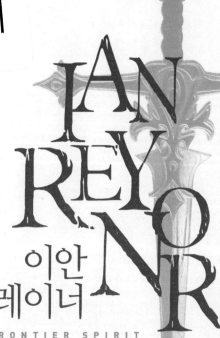

IAN REYONR

이안
레이너

FANTASY FRONTIER SPIRIT

이휘 판타지 장편 소설

이안 레이너 12

이휘 판타지 장편 소설

초판 1쇄 찍은 날 § 2017년 4월 17일
초판 1쇄 펴낸 날 § 2017년 4월 24일

지은이 § 이휘
펴낸이 § 서경석

편집책임 § 김경민

펴낸곳 § 도서출판 청어람
등록번호 § 제387-1999-000006호
등록일자 § 1999. 5. 31
어람번호 § 제1-2678호

주소 § 경기도 부천시 부일로 483번길 40 서경B/D 3F (우) 14640
전화 § 032-656-4452 팩스 § 032-656-4453
http://www.chungeoram.com
E-mail § chungeorambook@daum.net

ISBN 979-11-04-91289-4 04810
ISBN 978-89-251-3719-3 (세트)

FANTASY FRONTIER SPIRIT

이휘 판타지 장편 소설

IAN REYNOR

이안
레이너

12

[완결]

도서출판
청어람

IAN REY NOR

이안
레이너

CONTENTS

1장

마계. 생활

북소리는 심장의 울림과 가장 유사한 타악기다. 그래서인지 전투가 시작되면 느리게 시작해서 점점 빠르게 울리며 심장의 박동을 고조시킨다. 그렇게 빨라진 심장 박동 때문에 병사들은 흥분도가 상승하여 공포를 잊는다.

'뛰어오는 소리가 꼭 북소리 같군.'

이안은 멀리서 달려오는 괴생명체의 발소리에 맞춰 전투 준비를 갖췄다. 점점 고조되는 발소리는 놈도 이안과 그 부하들을 발견하고 전투태세에 돌입했음을 알게 했다.

"모두 전투 대형으로!"

칼라는 멀리서 다가오는 거대한 마수의 외형을 보고 바짝 긴장했다. 다크엘프 전사들은 마수의 두 눈에서 뿜어지는 강렬한 안광에서 흉험한 기세를 읽었다.

"이런, 젠장!"

아이언핸드는 마수의 정체를 확인하자 부지불식간에 욕설을 터뜨렸다.

"저저… 제파스다!"

"저거 그때 죽은 거 아냐? 어떻게 저놈이……."

"크기를 보라고. 제파스 새끼가 큰 거 같은데?"

드워프들이 떠드는 소리에서 제파스가 등장하자 칼라는 귀를 쫑긋거리며 다가왔다.

"제파스가 뭐지?"

"마스터와 함께 잡았던 이 마계의 지배자였지. 엄청난 힘을 지닌 놈이었어."

"그래? 그런데 저놈이 새끼야?"

"아마도 그럴 거 같네."

"왜 그런 생각을 하는데? 이유가 뭐야?"

"끄응… 나이도 어린 녀석이 반말은… 체구가 작아서 그런다. 되었느냐?"

"같이 늙어가는 처지에 꼭 존대를 받고 싶어? 나도 300살은 넘었거든?"

칼라는 드워프들의 평균 나이가 500살 정도라는 것을 생각해서 그렇게 말했다. 아직 정정해 보이는 아이언핸드가 400살 정도일 거라 생각하고 그냥 맞먹으려는 수작이었다.

"내 아들이 800살이 넘었느니라. 손자 녀석보다 어린 아해가 어디서 수작질이더냐!"

"에? 죄, 죄송해요… 너무 젊어 보이셔서… 호호호……."

아이언핸드의 일갈에 칼라는 눈을 동그랗게 뜨며 움찔했다. 아들이 800살이면 도대체 아이언핸드의 나이는 몇 살이라는 건지 모르겠다는 눈빛이었다.

"닥치고 마스터의 보조나 잘 맞추거라."

"네네, 알아 모시겠습니다. 호호호!"

칼라는 꽁지에 불이 붙은 망아지처럼 잽싸게 도망쳤다. 그녀는 다크엘프 전사들의 선두로 나서며 두 자루의 환도를 뽑아 들었다.

"정령사들이 먼저 공격한다. 궁수들은 대기!"

정령사들의 공격으로 선공을 가하는 것이 효율적인 면에서 최고였다. 자연의 정령들은 다크엘프 정령사들과 계약하지 않기에 주로 정신 계열이라, 정신 혼란을 일으킬 수 있기 때문이었다.

'제법이군. 부족장으로 오랜 세월 일족을 이끈 태가 드러나네.'

칼라가 일족을 지휘하여 전투를 진행하는 것을 지켜보며 이안은 팔짱을 꼈다. 이번 싸움은 그냥 지켜보다가 위험이 닥쳐오면 끼어드는 것으로 방향을 바꿨다.

'전투력이 어느 정도인지 파악하는 것도 중요하니까.'

이안은 칼라의 지휘로 제파스와 싸우는 것을 유심히 지켜보았다. 먼저 선공을 날린 것은 정령사들이었는데 어둠의 정령들과 정신 계열 정령들이 일제히 달려들었다.

―쿠워어어어어엉!

제파스는 정령들의 공격에 분노의 포효를 터뜨렸다. 검은 기류가 연신 전신을 두드리자 사이한 기운들이 머리 어름에서 알짱거리는 것에 짜증 섞인 포효를 터뜨렸다.

'쉽게는 안 당한다 이건가? 제법이네.'

상급 이상의 정령들이 아닌지라 제파스의 정신에 혼란을 일으키지는 못했다. 포효 소리가 광량하게 울리자 그 기세에 튕겨져 나오는 정신 정령들이 대부분이었다. 일부가 악착같이 전투를 이어갔지만 그것을 무시하고 제파스의 돌진이 이루어졌다.

"궁수들은 공격하라!"

"죽어랏!"

피핏! 피피피피피피피핑!

200여 발의 화살이 매섭게 제파스를 향해서 쏘아졌다. 순식간에 다시 시위를 당기는 다크엘프들은 엄청난 연사력을 자랑하며 어두운 공간을 화살로 수놓았다.

두두두두두두두두두!

화살은 제파스의 두꺼운 가죽을 뚫지 못하고 튕겨져 나왔다. 저돌적인 돌진이 계속해서 이루어졌고 이제 몇 초만 지나도 제파스의 거대한 발길에 짓뭉개질 것이었다.

"1대는 우측으로! 2대는 좌측으로 피하라! 3대는 후퇴!"

칼라의 지휘에 따라 다크엘프들은 순식간에 흩어지며 좌우로 나뉘어 빠져나갔다. 3대의 남은 전사들은 거의 대부분이 칼라와 같이 환도를 무기로 쓰는 근접전에 특화된 자들이었다.

콰드드드등!

제파스의 거대한 뿔이 다크엘프들이 있던 곳을 그대로 덮쳤다. 지면에 길고 깊은 고랑을 남기며 밀고 들어가는 제파스는 흉포한 기세를 그대로 흩뿌리며 온몸을 흉기처럼 휘둘렀다.

"피하라!"

"이거나 먹엇!"

전사들은 거대한 제파스의 공격을 날렵하게 피해내며 역공을 가했다. 검은 기운이 실린 환도가 허공을 가르며 제파스의 몸통에 작렬했다.

"헐! 뭐가 이리 단단해!"

"공격이 안 먹히다니… 미친!"

다크엘프들은 자신들의 공격이 제파스에게 아무런 타격도 주지 못하는 것에 당황했다. 아무리 단단하다고 해도 도기를 무시할 정도라는 것은 상상도 하지 못한 결과였다.

'기간트가 아니면 상대하기가 어렵지. 쯧…….'

제파스의 몸을 보호하고 있는 검은 기류와 상쇄되어 사라지는 전사들의 공격을 보며 이안은 놈과 처음 싸웠을 때를 떠올렸다. 그때도 수십 기의 샤베른으로 제파스를 억압하면서 싸웠었다. 절반 이상의 샤베른이 파괴되고 자신이 목숨을 건 도박을 벌여서 간신히 제압했었던 것이 제파스라는 마수였다.

'마스터급이 아닌 다음에는 상처를 입히기도 어렵지. 제파스라는 마수는 그런 놈이니까.'

마스터라고 해도 이겨내지 못하는 마수가 제파스였다. 그런 놈을 상대로 기사급의 전력인 다크엘프 전사들이 승산을 논할 수 없었다. 시간이 흐를수록 불리해지는 것은 다크엘프들일 것이니 말이다.

"물러서라! 이제부터는 우리 드워프들이 맡겠다!"

우렁찬 외침을 토하며 전사들에게 물러서라고 손짓을 하는 것은 아이언핸드였다. 그의 외침에 전사들이 사방으로 흩어지며 거리를 벌렸다. 그러자 제파스를 겨냥하고 있던 드워프들의 마동포가 일제히 철환을 발사했다.

쎄엑! 쎄에에에엑! 콰광! 콰드드등!

수십 발의 철환이 그대로 날아와 제파스의 온몸을 그대로 짓이겼다. 강렬한 폭음과 함께 철환이 박혀들자 제파스의 전신에서는 검은 기류가 요동치며 시야를 완벽하게 가려 버렸다.

─크아… 크와아아아아앙!

고통스러운 울부짖음이 검은 기류를 흩어버렸다. 그리고 그 기류를 뚫고 나온 제파스는 지면을 발로 긁으며 다시 돌진하겠다는 몸짓을 보였다.

"재장전하라. 돌진하기 전에 발포해야 한다!"

"예, 족장!"

드워프들은 마동포를 빠르게 재장전하며 마력이 차기를 기다렸다. 그 짧은 시간이 수백 배는 더 길게 느껴지는 찰나 이안이 싸움에 개입했다.

"제파스는 내가 상대한다. 모두 대기하도록!"

이안의 외침에 다시 공격을 가하려던 다크엘프와 드워프들의 움직임이 일제히 멎었다. 그들의 눈에 하늘에서 쏟아져 내리는 수백 개의 기검이 만드는 기사가 고스란히 담겼다.

퍼퍼퍼퍼퍼퍼퍼퍼퍽!

기검들이 그대로 제파스의 가죽을 뚫고 들어가 박혔다. 검은 기류의 보호막을 그대로 파괴한 기검은 무수한 상처를 제파스에게 입힌 후 사라졌다.

─쿠워어어어어어억!

미친 듯이 비명을 지르며 날뛰던 제파스는 자신에게 고통을 선사한 이안에게 모든 분노와 살기를 집중시켰다.

'이런… 뇌전 공격이다!'

제파스의 필살기가 바로 이마의 보석에서 쏘아내는 뇌전 공격이었다. 이전의 싸움을 복기해 보면 저 뇌전 공격은 샤베른 1기가 그대로 파괴되는 강력한 공격 수단이었다.

후웅! 파츠츠츠츠츠측!

강렬한 뇌전이 이마의 보석에서 뿜어져 나와 그대로 이안을 향해 날아들었다. 0.1초도 안 되는 그 시간에 그대로 직격해 오는 공격이었지만 이안은 이미 앱솔루트 실드를 치며 대비했다. 피하기에는 그 시간이 너무도 짧았기에 최선을 다해 방어에 나선 것이었다.

"크으… 위력이 장난 아니네."

7클래스의 마법 공격도 방어해 봤었지만 지금처럼 강력한 공격은 처음으로 당해보는 것이었다. 절대 방어 주문을 뚫지는 못했지만 사정없이 뒤로 튕겨져 나가는 것에 깜짝 놀랐다.

─크아! 크워어어어!

제파스는 자신의 필살기가 먹히지 않는 것에 더욱 분노를 토해냈다. 그리고 미친 듯이 뇌전을 뿜어내며 이안을 죽이고 말겠다는 의지를 드러냈다.

"고놈 성깔 한번 더럽네."

이안은 연속으로 뇌전 공격에 당해 이리저리 휩쓸렸다. 다른 행동을 하다가는 뇌전에 휩쓸려 그대로 터져 나갈 판이었다.

─크아… 크아… 크워어엉!

십여 차례의 뇌전 공격을 뿜어낸 제파스는 숨을 헐떡이며 붉게 물든 안광을 터뜨렸다. 이쯤 하면 죽었겠지 하는 듯한 그 눈빛에 이안을 감싸고 있던 앱솔루트 실드가 갈라지며 그의 신형이 폭사되어 나왔다.

"이제 좀 맞자. 타앗!"

이안의 손에서 떠난 기검들이 어두운 공간을 밝게 빛내며 제파스에게 날아들었다. 깜짝 놀란 제파스는 눈을 동그랗게 뜨며 반대 방향으로 도망치기 시작했다. 이제껏 자신이 날린 그 공격을 버텨내는 놈이 없었다. 그런데 숨을 차오를 때까지 날린 공격에도 아무런 타격이 없는 놈이 나타난 것이었다. 그리고 시작된 공격은 자신에게 극악의 고통을 안겨주었던 그 공격이었다.

"어딜 도망가려느냐! 어쓰퀘이크!"

후웅! 우르르르르르르르릉!

지면이 뒤틀리며 움직이기 어려울 정도로 요동쳤다. 거대한 제파스의 몸체가 그대로 이리저리 흔들리다 자빠지는 순간 기검들이 덮쳤다.

—크워어어어어어엉!

고통을 호소하는 제파스의 울부짖음이 어두운 공간을 가득 메웠다. 메아리치듯이 사방에서 울리는 그 울음소리에 눈에 보이지 않는 먼 거리에서 또 다른 소리가 들려왔다.

'헐… 마수들이 몇 마리나 있는 거지? 이거야 원……'

적어도 5마리의 울음소리가 화답이라도 하듯이 들려왔다. 그리고 시작된 은은한 진동음은 그 마수들이 이곳을 향해서 달려오고 있다는 것을 알려주었다.

'단숨에 제압하고 몸을 숨겨야겠어. 저놈들을 모두 상대하려다가는… 안전이 제일 우선이다.'

아다만티움만 캐서 나가면 그만인 원정이었다. 일단 이곳을 지배하는 놈만 제거하고 다른 놈들은 그들의 영역으로 돌아가게 만드는 것이 중요했다. 놈들이 마계의 통로를 느끼고 이곳에 또 자리를 잡으면 곤란해지는 것은 자신이었다. 이안은 이 상황을 안전하게 정리하기 위해서 모든 힘을 집중시켰다.

—크라! 크라라라랏!

제파스는 이안의 힘이 집중되는 것에 기성을 토해내며 난리를 쳤다. 자신의 힘으로는 어찌할 수 없다는 것을 느꼈는지 또 다른 필살기를 사용하여 그대로 도주에 나섰다.

'헐… 마수가 도망을?'

이안은 제파스가 몇 배는 더 빠른 속도로 움직이는 기술을 사용하여 도망가는 것에 황당함을 느꼈다. 이대로 가다가는 제파스를 잡지도 못하고 다른 마수들의 습격을 받아야 할 형국이었다.

'아니지… 저놈을 죽이면 영역의 지배자가 사라지는 것이니 다른 마수가 또 올 것이 분명하다. 그렇다면… 저놈을 굴복시키는 것이 낫겠어.'

이전에도 드레이크를 종속시킨 경험이 있는 이안이었다. 그때도 드레이크 한 마리로 인해서 수백 마리가 넘는 와이번을 덤으로 얻었다. 이번에도 그렇게 하는 것이 더 나은 판단이라 여기고 급히 제파스의 도주로를 향해 공간 이동을 해 움직였다.

"블링크!"

후웅! 스팟!

순식간에 공간을 건너뛰어 제파스의 도주로를 가로막은 이안이 힘 조절을 해가며 기검을 날렸다.

—크워? 크아아아아!

미친 듯이 필살기를 써가며 도주하던 제파스는 어느새 자신보다 앞질러 와 있는 이안을 발견했다. 그리고 그의 손을 떠난 기검들이 세포 분열이라도 하듯이 늘어나서 덮쳐오는 것에 기겁했다.

퍼펑! 퍼퍼퍼퍼퍼퍼퍼퍽!

가죽을 뚫고 들어오는 기검들이 엄청난 고통을 안겨주었다. 그 어떤 공격도 상대에게 먹히지 않고 오히려 고통만 당하게 되자 제파스는 겁에 질리기 시작했다. 영역의 지배자였던 자신보다 더 강한 지배자가 등장한 것에 구슬픈 비명을 토해냈다.

쿠웅! 쿠쿵!

제파스는 그대로 엎드리며 살려 달라고 빌며 굴종의 자세를 취했다. 그 모습을 본 이안은 묘한 미소를 입가에 지은 채 제파스의 머리 위로 날아왔다.

"이제부터 너는 나에게 종속될 것이다. 피의 종속!"

후웅! 휘류류류류류룽!

이안의 손에서 붉은 기류가 흘러나와 굴종의 자세를 취하고 있는 제파스에게 흘러들어 갔다.

―내가 졌다. 그만 때려! 그만 때리라고. 아파! 아파!

징징거리는 제파스의 생각이 그대로 이안의 머릿속으로 흘러들어 왔다. 이안은 더욱 의지를 돋우며 제파스의 의지를 굴복시켜 나갔다. 그러자 붉게 빛나던 제파스의 안광은 서서히 빛을 잃었다가 푸른색으로 변해갔다.

제파스, 정확하게 말하자면 이안에게 죽은 제파스의 새끼는 성체가 되어 아비의 영역을 차지했다. 다른 마수들도 제파스의 영역에는 침범하지 못했는데 그것은 그 아비의 영향이 컸다. 그러나 제파스의 비명 소리가 사방으로 퍼져 나가자 욕심을 낸 마수들이 몰려들고 있었다.

'이 영역이 제파스의 영역임을 다른 마수들이 인정하고 물러나게 해야 하는데 말이지.'

마수들을 모두 죽인다면 곤란해지는 것은 이안이었다. 마계의 마수 지역이라고 해서 마족들이 아예 신경을 끄고 살지는 않을 것이었다. 그런 상황에서 마수들이 모두 사라진다면 당연히 마족들은 그 영역을 조사하기 위해 들어올 것이 분명했다. 아무리 조심하고 위장한다고 해도 마족들의 눈을 피할 수는 없을 것이다. 들키게 되면 마계의 문이 열려 있는 것도 들키게 될 것이니 크나큰 문제가 중간계에 벌어지게 될 판이었다. 그리고 가장 큰 문제는 그 문제를 일으킨 원흉이 이안 자신이 되는 거였다.

'그건 절대 피해야지. 흐음… 어쩐다?'

몰려드는 마수들을 모두 물리쳐서 그들의 영역으로 쫓아

내야 했다. 그러기 위해서 제파스뿐만이 아니라 이 영역을 차지한 새로운 강력한 존재가 있다는 것을 놈들 모두에게 각인시켜야 했다.

"라피드뿐이지. 라피드 소환!"

후웅! 휘류류류류류류류룻!

마방진에서 소환되어 나오는 라피드의 거대한 몸체가 마기를 받아들이자 푸른 번개를 뿜어냈다. 이마에 솟아 있는 두 개의 커다란 뿔에 스파크가 연신 튀기고 안광은 보석의 영향을 받아서인지 무시무시한 불길처럼 타올랐다.

'완전 마신의 모습이네. 마족이 본다고 해도 깜빡 넘어갈 모습이야. 휘유!'

뇌전의 마신이 있다면 저런 모습일 것이었다. 아무리 흉성으로 물들어 있는 마수라고 해도 마신의 형상을 하고 있는 라피드의 모습을 보면 공포에 질리게 되리라 믿었다.

"라피드 탑승한다."

―마스터, 오랜만입니다.

"그러게. 함께 놀아보자고."

―그런 말씀 언제나 환영합니다. 마나 코어 온! 동기화 체크!

라피드의 에고는 이안의 말에 기뻐하며 활기차게 마나 코어를 가동시켰다. 강력한 코어의 움직임에 라피드의 거체는 기분 좋은 울음을 토해내며 서서히 움직여 나갔다.

"좋아. 그럼 시작해 볼까?"

라피드는 중간계에서보다 배는 더 강력해진 힘을 선보였다. 전신에서 흐르는 뇌전의 기운은 라피드의 이동 경로를 화려하게 수놓았다.

─크릉…….

제파스는 주인이 타고 있는 라피드에게서 아비의 기운을 느꼈다. 그래서인지 더욱 친근하게 달라붙으며 애교를 부리듯이 깡충깡충 뛰어놀았다.

"녀석하고는… 그래도 기분은 나쁘지 않군. 후후후!"

제파스의 애교 섞인 몸짓을 보며 이안도 너털웃음을 흘렸다. 그러나 남들이 보았다면 아마 기겁을 하며 도망갔을 애교였다. 집채만 한 바위가 그 애교에 가루가 되어 흩어졌으니 말이다.

─캬우우우우우!

─아우우우우우!

각자 자신들이 낼 수 있는 가장 포악하고 공포를 자극하는 포효를 터뜨리며 마수들이 몰려들었다. 그 흔한 바위조차 보이지 않는 드넓은 평원에 모여든 마수들은 각자의 위치를 점한 채 가운데 서 있는 라피드와 제파스를 노려보았다.

"꽤 많이 몰려왔네. 11마리라… 흐음!"

이안은 11마리나 되는 마수들을 보고 입꼬리를 말아 올렸다. 하나같이 강력한 마수들이었지만 그 개체의 힘은 제파스에 비할 바는 아니었다.

"오크들이 아무리 많아도 오우거를 당할 수는 없는 노릇이지. 너희들은 딱 그 정도네. 덤벼라!"

이안이 라피드의 손을 조종하여 손가락만 까닥이며 덤비라고 신호했다. 마치 종을 부르는 듯한 그 행동에 마수들은 흉성이 가득한 안광을 폭출시켰다. 무시무시하게 생긴 외형을 보이는 라피드이지만 마수들의 체구에 비한다면 반토막밖에 안 되는 크기였다. 그래서 놈들은 그리 겁을 집어먹지 않았다. 단지 걸리는 것이 있다면 라피드의 옆에서 강아지처럼 넙죽 엎드려 있는 제파스의 존재일 것이었다.

"제파스… 아니지, 이름이 제파스는 아닐 테니… 그래, 라이덴으로 하자. 이제부터 네 이름은 라이덴이다!"

─크워어어어엉!

라이덴이라는 이름을 부여받자 제파스의 새끼는 기쁨의 포효를 터뜨리며 팔짝팔짝 뛰었다. 그 모습을 보는 마수들은 찔끔하며 뒤로 주춤 물러났지만 이내 자신들의 숫자가 많다는 것에 용기를 얻었는지 도로 앞으로 서서히 나왔다.

"라이덴! 저놈들을 모두 때려잡아!"

─캬우우우웅!

라이덴은 주인의 명이 떨어지자 용맹하게 돌진해 나갔다. 제일 먼저 목표로 잡은 것은 서쪽에 자리 잡은 마수로 호시탐탐 자신의 영역을 넘보는 놈이었다. 주인에게는 비록 졌지만 다른 마수들에겐 지지 않는다는 것을 과시라도 하려는 듯이 폭발적인 움직임이었다.

—크라! 크라라라락!

라이덴이 서쪽의 지배자와 싸우기 시작하자 마수들은 홀로 남은 라피드를 노렸다. 체구도 작고 자신들의 숫자가 있으니 빠르게 처리하고서 라이덴마저 처리할 작정이었다.

"어리석은 놈들… 죽이지는 않으마. 흐랏!"

쿵쿵거리며 뛰어나가던 라피드는 기다란 뿔을 앞세운 채 달려드는 20미터에 달하는 마수와 제일 먼저 맞닥뜨렸다. 자세를 낮추고 반원을 그리듯이 뿔 공격을 피해낸 후 그대로 파고들었다.

"으랏차!"

수십 톤을 가뿐하게 넘을 듯한 마수를 그대로 들어 올렸다. 그리고 빙빙 휘돌며 힘을 키운 후 그대로 다른 마수에게 집어던졌다.

—캬우우!

야수형 마수 하나가 기회를 엿보다가 등판을 보이는 라피드를 향해 쏘아져 들어오며 발톱을 휘둘렀다. 또 다른 마수

하나는 점프를 하며 높이 도약했다가 찍어 누르듯이 공세를
가해왔다.

'멋지네. 합격술이라도 연마한 건가?'

이안은 기감으로 놈들의 움직임을 모두 파악하고 있었다.
시차를 거의 두지 않고 이루어지는 콤비네이션 공격이었지만
슬쩍 신형을 틀어버리는 것으로 그 공격을 모두 해소해 냈다.

─크아악!

─캬우욱!

라피드를 노린 공격이었지만 그 공격 대상이 피하자 고스
란히 서로에게 가해져 버렸다. 그렇게 여럿이 엉키기 시작하
자 공동의 적이었던 라피드는 쏙 빠져 버리고 자신들끼리 개
싸움을 벌이게 되어버렸다.

'멍청한 놈들… 그러니 마수지.'

이안은 라피드를 움직여 마수들이 개싸움을 벌이고 있는
곳에서 물러섰다. 자신에게 상처를 입힌 놈을 그대로 둘 만큼
마수의 성정이 좋은 편이 아닌 탓에 이제는 관전자로 싸움 구
경을 하게 되었다.

'그나저나 라이덴은… 오호! 멋지군.'

라이덴은 강력한 피지컬을 앞세워 서쪽의 지배자를 무식
하게 밀어붙였다. 체급이 비슷하기는 했지만 살짝 우위에 있
는 데다 간간히 뇌전 공격으로 스턴을 거는 기술적인 우위까

지 더해지자 압도적인 싸움이 되어버렸다.

부웅! 콰직! 부웅! 퍼어억!

발로 후릴 때마다 서쪽의 지배자는 검은 기류를 피처럼 뿜어내며 뒤로 튕겨 나갔다. 괴로움을 이겨내기 위해 발악을 하듯이 반격을 해보았지만 그보다 더 빠른 라이덴의 발길질이 사정없이 놈의 몸통에 작렬했다.

'이 정도면 놈들도 까불지 않겠지.'

라이덴의 강력함을 각인시켜 줬으니 다시는 영역을 넘보지 않을 것이었다. 이제 자신이 해야 할 것은 개싸움을 벌이고 있는 놈들을 모두 제압한 후 쫓아내는 것이었다.

"후웁! 트리플 캐스팅! 라이트닝 스톰!"

후웅! 파츄츄츄츄츄츄츄!

뇌전의 폭풍이 귀청을 찢어발기는 뇌성을 동반한 채 휘몰아쳤다. 수십 줄기의 뇌전이 내리치며 마수들을 사정없이 후려갈겼다. 벼락을 맞은 마수들은 검은 기류를 뿜어내며 바들바들 떨어야 했다.

"이놈들! 어디서 까부는 것이더냐!"

이안의 말을 알아들을 리 없는 마수들이지만 자신들에게 극악한 고통을 선사하고 있는 존재가 누구인지는 확실하게 인지했다. 라피드의 이마에서 뿜어져 나오는 뇌전의 기운이 자신들을 후려 패고 있는 뇌전의 폭풍의 시발점이라는 것을 말이다.

"꺼져라! 또다시 이곳을 침범하면 그때는 모두 찢어서 죽여주마!"

─캬웅! 캬오오옹! 캬앙!

라이덴이 이안의 말을 통역이라도 하듯이 외치자 마수들은 부들부들 떨며 고개를 끄덕였다. 아마 다시는 덤비지 않겠다고 라이덴에게 굴복하는 모습으로 비쳐졌다.

"가라!"

─캬아악!

라이덴의 마지막 울음소리에 마수들은 꼬리에 불이라도 붙은 것처럼 사방으로 흩어져 도망갔다. 놈들이 모두 제자리로 돌아가자 라이덴은 의기양양한 모습으로 라피드의 앞으로 와서 납작 엎드렸다. 마치 자신을 칭찬이라도 해달라고 어리광을 부리는 새끼의 모습이었다.

"후후! 잘했다. 라이덴."

─크릉! 크르르릉…….

라이덴의 머리를 쓰다듬어 주는 라피드의 손길에서 연신 푸른 스파크가 튀었지만 놈은 그것이 더욱 좋은지 눈을 감은 채 크르릉거릴 뿐이었다.

"사정없이 파라고. 웃차!"

"걱정 마, 오늘 안에는 채굴이 가능할 거 같으니까."

쿵! 쿵! 쿠쿠쿵!

샤베른이 모두 달라붙어 아다만티움이 매장된 광산 개발에 여념이 없었다. 노천 광산이 아닌 탓에 파 들어가야 했지만 그래도 땅속 깊숙하게 파는 것은 아니었다.

"내가 아다만티움 광산을 개발하다니… 참으로 놀라운 일의 연속일세."

아이언핸드는 제파스 때문에 아다만티움 광산을 개발하지 못했었다. 그런데 이제는 그 새끼가 옆에서 뛰어노는 것을 보며 광산 개발을 하니 격세지감이 느껴졌다.

"오늘 내로 채굴이 될 거 같습니까?"

"그럴걸세. 아다만티움은 특성상 덩어리로 뭉쳐 있으니 말이야."

마계에서만 생성되는 아다만티움은 하나의 덩어리로 뭉치는 특성이 있었다. 모든 마기를 빨아들이는 특성도 가지고 있어서 오늘 내로 찾는 것이 가능했다.

"찾았다! 주위를 모두 파야겠어!"

"모두 달라붙어. 어서!"

드워프들이 모두 달려들어서 아다만티움의 채굴에 온 힘을 기울였다. 시간이 가는 줄도 모르고 그것을 지켜보던 이안은 몇 시간 만에 샤베른 정도의 기간트와 맞먹는 크기를 가진 아다만티움 원석을 볼 수 있었다.

"와우! 대단하네요. 저게 아다만티움인가요?"

"그렇지. 정련을 해야겠지만 순수한 아다만티움 광석일세."

같은 무게의 황금보다 10배는 더 비싸게 취급되는 것이 미스릴이었다. 그리고 저 아다만티움 광석은 그 미스릴보다 족히 수십 배는 더 비싼 몸값을 자랑했다. 그러니 지금 캐낸 아다만티움 광석을 판다면 족히 일국을 세울 땅을 살 금액일 것이었다.

'아깝네. 저걸 팔지 못하고 자체적으로 처리해야 한다니.'

아다만티움 광석은 마계에서만 생성되는 것이라 중간계에서는 찾아보기 어려웠다. 가끔 유물로 발견되는 것들이 있을 정도로 그 희귀성이 독보적인 광석이었다. 그러니 저것을 판매한다면 세상이 뒤집어지게 될 것이었다.

"저 정도면 충분하지 않겠습니까?"

"그럴 것 같네. 그래도 시간이 남아 있으니 더 찾아서 캐야지. 언제 다시 올지 모르는 곳이니 말이야."

"그건 그렇지만……."

이안은 이 마계를 활용할 생각을 하고 있었다. 마족들이 접근하지 않는 마수들의 대지이니 이곳에서 수련을 할 생각이었다. 중간계의 시간보다 10배는 느리게 흐르는 곳이니 수련

할 시간을 그만큼 더 벌 수 있었다. 거기에 더해서 중간계보다 2배는 더 무거운 중력 덕에 신체의 훈련 효과가 몇 배에 달하지 않던가.

'기사들을 이곳에 처박아두고 1년만 훈련시킨다면… 아주 죽이겠군. 후후후!'

빡세게 훈련시킬 생각을 하며 시선을 돌리자 다크엘프와 수인족 전사들이 있는 곳이 눈에 들어왔다.

"밀리지 마라!"

"몰아붙여! 수인족 따위에게 진다면 말이 안 되잖아!"

버럭 소리를 지르는 칼라는 수인족들에게 밀리는 다크엘프 전사들을 이끌고 육탄전을 벌였다. 기술적인 것은 다크엘프들이 더 뛰어났지만 육체적인 능력 면에서는 수인족이 더 뛰어났다. 지금처럼 힘 대 힘으로 몰아붙이는 개싸움이라면 수인족이 이기는 것이 당연하다고 할 수 있었다.

"크하하하! 날려 버려!"

"어딜 덤비는가! 으라랏!"

수인족들과 다크엘프들의 집단전 훈련을 빙자한 개싸움을 보던 이안은 나날이 발전하는 그들의 기운을 느끼며 만족스러운 미소를 지었다.

'저들은 확실히 마계의 기운과 상성이 맞는구나. 그래서 발전이 더 빠른 것이겠지.'

이대로 1년 정도만 이곳에 둔다면 거의 대부분의 전사들이 초인의 경지에 들어설 수 있을 것 같았다. 설령 벽을 넘어서지 못한다고 해도 어마어마한 전투력을 지닌 집단을 그 누가 막을 수 있을까 싶었다.

2장

마총의 개발

아다만티움의 채굴이 이루어지고 약속된 날에 중간계로 돌아온 이안과 아이언핸드는 마총의 개발에 매달렸다.

값비싼 아다만티움 통째로 총신을 만드는 것은 낭비라는 생각에 마법력을 버틸 수 있을 정도의 합금 개발부터 시작했다.

"합금으로 만든 총신들일세. 제일 처음 것이 3%를 섞은 것이고 단계적으로 1%씩 올렸지."

"그렇게 적게 넣어도 괜찮겠습니까?"

"아다만티움의 강도를 생각하면 충분할 거라 생각하네.

10%가 넘어가면 마총을 만드는 것을 다시 생각해야 할 걸세. 가격이 너무 비싸서 말이야."

마총 하나를 만드는 가격이 수천 골드씩 한다면 성능이 아무리 좋아도 가성비가 지면을 뚫고 지하 세계로 내려가는 일이 되어버린다.

차라리 그 비용으로 샤베른과 기간트의 개발에 나서는 편이 훨씬 이득일 것이니 말이다.

"총신은 이 중에서 가장 효율이 좋은 걸로 만들면 될 거고… 마법진과 총탄을 넣는 부위를 완성하는 일인데 말일세."

"그건 완성됐습니다. 여기."

이안이 마법으로 만들어 온 마총의 핵심 부품이라고 할 수 있는 마법진과 총탄을 장전하는 부위를 내놓았다.

"어디 보세. 흐음… 치수는 맞는 거 같구먼. 설계도대로 잘 만들었군."

아이언핸드는 가는 눈금이 정밀하게 새겨진 자를 가지고 치수가 맞는지 확인했다.

수치가 조금만 어긋나도 균열이 생겨서 마법이 폭발할 때 마총이 터지는 사고가 생길 수 있었다. 그러니 모든 것은 설계한 대로 완벽하게 만들어져야 했다.

"결합을 해봐야 정확하겠지. 잠시만 기다리게."

끼릭! 끼리릭! 철컥!

설계도를 완벽하게 외우고 있는 아이언핸드는 이안이 내놓은 부품들을 가지고 손 빠르게 조립해 나갔다. 순식간에 따로 떨어져 있던 부품들이 하나의 완성품으로 만들어졌다.

"오! 제법 멋들어지는구면."

완성된 마총은 1.2미터의 총신과 마법진으로 이루어진 몸통, 그리고 견착할 개머리판까지 합해서 1.6미터에 달하는 길이였다.

무척 길어서 사용하기 어려워 보였지만 이계인의 기억 속에 있던 내용을 토대로 총검을 부착해서 창처럼 사용할 수 있게 만들어진 것이었다.

"이것도 꽤 많은 부품이 들어가네그려."

"앞으로 연사가 가능해지도록 만들려면 더 많은 부품이 들어갈 겁니다. 지금은 애교죠, 애교. 후후!"

"그런가? 끄응… 일이 점점 늘어나는 거 같네그려."

아이언핸드는 일이 점점 늘어나는 것에 뚱한 표정을 지었다. 드워프 부족들이 조금씩 더 늘어나는 추세라 다행이지 예전 같았다면 전부가 과로로 쓰러졌을 것이었다.

"나가서 시험을 해보죠."

"그러세."

이안과 아이언핸드가 밖으로 나서자 제법 많은 드워프들이 초롱초롱한 눈빛으로 두 사람을 기다리고 있었다. 그들도 두 사람이 마총이라는 것을 만들고 있다는 것을 알고 있었던 탓이었다.

"완성된 겁니까?"

"저 봐! 저거!"

"와! 저게 마총이구나."

드워프 장인들은 미끈하게 빠진 아다만티움 합금으로 만든 마총을 보며 눈이 동그래졌다.

"모두 나가지. 실험을 해봐야 할 거 같으니까."

"네네, 제가 모시겠습니다."

드워프들은 호기심을 충족시키지 못하면 밤잠을 못 자는 족속들이었다. 그러니 그들은 마총이 어떤 물건인지 눈으로 직접 확인해야 직성이 풀릴 것이었다.

끼릭! 철컥!

장전 손잡이를 당겨서 동그란 철환을 집어넣은 이안은 다시 앞으로 돌리면서 밀어 넣었다.

"그렇게 장전을 하는군."

"네, 이렇게 해야 편하고 빠르니까요."

"확실히 그렇겠어."

약실에 철환이 들어가자 이안은 바로 마법진에 검지를 가져갔다. 이계의 총과는 다르게 방아쇠가 없었고 마법진에 손가락을 대는 것으로 격발이 이루어졌다.

웅! 웅! 웅!

미세한 진동이 일어나고 마법진에 마력이 채워지자 그대로 마총을 발사했다.

콰앙!

100미터 떨어진 곳에 마련되어 있는 과녁은 두꺼운 통나무를 잘라 세운 표적이었다.

그 표적을 향해 날아가는 철환은 눈에 보이지도 않았고 그저 뭔가 폭발하는 소음이 전부였다.

"헉! 통나무 표적이 박살 났다!"

"우와! 엄청나네."

드워프 장인들은 통나무 표적을 그대로 부숴 버리는 마총의 위력에 깜짝 놀랐다. 저 정도의 위력이라면 중장갑을 한 기사도 단번에 죽일 수 있을 정도였다.

'이런… 확실히 연습을 해야겠군.'

마법이 터질 때 꽤 심한 반동이 있었다. 성인 남자라고 해도 단단히 잡지 않으면 총구가 하늘로 올라갈 정도였다.

거기다 처음 쏴보는 것이라 목표로 한 중앙이 아닌 우상단이 나버렸다.

"위력은 상당하구만. 다시 쏴보게나."

"마법진에 마나가 채워지는 시간이 10초. 그 안에 총탄을 재장전해야 합니다. 이렇게."

끼릭! 철컥!

빠르게 노리쇠를 당겨서 철탄을 집어넣은 이안은 마나가 차길 기다렸다. 마나가 차자 다시 웅웅거리며 미약한 진동이 일어났다.

'이번에는 제대로 명중을 시켜봐야지.'

우웅! 콰앙!

활을 쏠 때처럼 흔들림 없는 평정을 유지한 채 마법진을 격발시켰다. 흐릿한 마법력이 뿜어지고 그 사이를 뚫고서 검은 총탄이 쏘아져 나갔다.

'쯧… 이번에는 좌하탄이라니…….'

뭔가 대책을 세워야 할 것 같았다. 이렇게 들쭉날쭉한 착탄이 이루어진다면 전투에서 제대로 써먹기 어려울 것이니 말이다.

"뭐가 이상한가?"

"정확한 사격이 안 되네요. 표적으로 세운 통나무에 맞기는 했는데 위에 맞았다, 아래에 맞았다 하는 걸 보면…….."

"확실히 그런 감은 있구먼. 그래도 대단한 위력임에는 분명하네. 하하하!"

아이언핸드는 자신과 이안이 만들어낸 마총의 위력에 만족스러운 웃음을 터뜨렸다. 저 정도만 해도 수량이 많아진다면 엄청난 위력을 실전에서 보여줄 거라 확신했기 때문이었다.

'내가 이 정도인데 보통 사람들이 쏘면 어떨지… 그게 걱

정이네. 걱정이야.'

이안의 걱정도 모른 채 아이언핸드는 자랑스럽게 마총을 들어 일족들에게 자랑하듯이 선보였다.

고쳐야 할 점도 많았고 새롭게 추가해야 할 부분도 있어 보였다. 특히 명중률을 높이기 위해서는 특단의 조치가 절실했다.

"회의를 시작하겠소."

이안의 선언에 자리한 대신들과 귀족들은 모두 고개를 숙였다. 그들이 다시 고개를 들자 이안은 바로 재무성장인 돌튼 백작에게로 질문을 던졌다.

"공국의 재정 상태는 어떻소?"

"지난 상반기 마동포와 샤베른, 그리고 매직 웨건의 수출 증가로 인해서 1,390만 골드의 흑자를 기록했사옵니다."

"1,390만 골드라… 어마어마하군. 허허! 대단하오."

매직 웨건은 1대를 팔면 이득이 3만 골드 이상이 남는 고부가가치 상품이었다. 샤베른과 마동포 역시 대당 5천 골드 이상이 남는 물건이니 생필품 위주로 수입하는 공국의 특성상 대단위 흑자는 당연한 일이었다.

"흑자는 좋네만… 문제가 생겼소, 공왕."

"문제요? 무슨 문제가 있다는 것입니까?"

부친인 비어홀트 명예 공작의 말에 이안은 무슨 일인지 물었다. 그러자 비어홀트 명예 공작이 수염을 쓰다듬으며 고충을 토로했다.

"지금 각국에서 불만을 토로하고 있네. 자신들의 국부를 모두 우리 공국에서 가져간다고 말일세."

"아… 그런 문제가 있겠군요."

비싼 무기를 팔아먹고 싼 식료품이나 의복, 비싼 물건이라고 해도 원자재 정도를 수입해 가다 보니 불균형이 심각하게 일어났다.

주 수입국인 체이스 제국이나 락토르 왕국은 날마다 대사를 통해 외무성에 항의를 하는 중이었다.

"어제도 락토르의 대사가 찾아와서 하소연을 하고 갔다네."

"후후! 뭐라고 하던가요?"

"제발 자기네 물건들을 좀 사가라는 거지 뭐겠나. 쯧!"

"사올 만한 것이 있기는 합니까?"

이안의 물음에 비어홀트 명예 공작은 고개를 가로저었다. 락토르에서 수입해야 할 물품이라는 것이 거의 없었기 때문이었다. 마총의 개발이 있은 후 반년이 흐른 지금, 기본적인 생필품은 자급자족이 가능한 수준에 도달한 레이너 공국이었다. 공장이라는 것이 만들어지고 드워프 장인 한 명에 10여 명의 인간들이 배정되어 물건을 만들어냈다. 그러니 그 시너지 효과는 상상을 초월하는 수준이었다.

'흠… 이대로 가다가는 다른 나라들의 견제가 더욱 심해질 텐데… 뭔가 대책이 필요하겠군.'

국가 간의 무역이라는 것은 어느 정도 선을 지켜야 한다. 이득을 보더라도 이렇게 차이가 나게 되면 필경 문제가 발생하게 되어 있었다.

'어떻게 한다? 흐음……'

뭔가 돈을 주고 사올 것들을 떠올려 봤지만 이내 고개만 절레절레 내저을 뿐이었다.

"차라리 노예들을 사오는 것은 어떻습니까?"

"노예들을 말인가?"

비어홀트의 말에 이안은 공국 내에서 제기되고 있는 문제점을 해결할 방법과 맞물려서 생각한 바를 이야기했다.

"지금도 인력이 부족해서 공장을 쉬어야 할 때가 있을 정도라 들었습니다. 그러니 노예들을 사와서 그 문제를 해결하는 겁니다. 좀 후하게 가격을 쳐주면 그들도 마냥 거부하지는 않을 거 같은데. 어떠십니까?"

"노예라… 뭐 그것도 나쁘지는 않겠구먼."

성인 남자를 기준으로 하면 노예 1구에 100골드 정도의 가격을 지불해야 했다. 여성은 남성보다 비싸서 150골드에서 시작하고 성노의 경우에 수천 골드까지 나간다.

"락토르와 체이스에서 각 2만 명씩 사온다면 될 거 같은데요."

2만 명씩 사온다면 적어도 300만 골드 정도는 각 나라에 돌아가게 될 것이었다. 그러면 심각한 불균형을 이루고 있는 무역수지를 이느 정도 맞출 수 있었다.

"그럼 그 문제는 그렇게 푸는 걸로 하죠."

"알겠네. 내 그리 풀어보겠네."

"그럼 다음 사안으로 넘어갑시다. 매직 웨건의 판매는 어떻소?"

"흠흠! 제가 말씀드리겠사옵니다. 현재 월 200대가 만들어지고 있사옵고 150대가 각국으로 수출되고 있사옵니다. 거기서 나는 수익은 450만 골드에 이르옵니다."

"450만 골드라… 대단하군."

광석과 다른 생필품을 수입하고도 월 200만 골드 이상의 흑자를 보는 이유가 모두 매직 웨건에 있었다.

"하오나 점점 매직 웨건의 판매세가 하락할 것으로 예측되고 있는 터라 그에 대한 대책 마련이 있어야 할 것이옵니다."

"하락한다면… 아! 그렇겠군."

매직 웨건을 소유한 귀족들은 그 어마어마한 가격에 부담을 느낄 것이었다. 몇 대씩 소유하는 자들은 대귀족이라 불리는 이들일 뿐이니 앞으로 갈수록 하락세가 이어질 것은 당연한 이치였다.

'비공정을 만들어야 하려나? 흐음······.'

전투에 사용할 수 없는 비공정, 즉 몇 명 정도만 탑승이 가능한 비공정을 만들어서 파는 것이 최선일 것이었다. 이계인의 기억 속에는 하늘을 날아다니는 수많은 비행기라는 것이 있었고 거기에서 착안을 한 생각이었다.

'비행기? 그렇게 불렀던가? 비행 원반을 기반으로 해서 만든다면 꼭 비공정까지 안 가더라도 충분할 거 같은데 말이지.'

예전에 싸웠던 칼리엄 공작만 해도 비행 원반을 타고 날면서 엄청나게 즐거워했더랬다. 사람의 욕망이라는 것의 정점이 하늘을 나는 것이 있을 정도이니 충분히 가능하리라 판단했다.

"비행기라는 것을 만들 생각이오."

"네? 비행기라니··· 그게 무엇을 하는 것이옵니까?"

상공성의 성장을 맡아 폭발적인 공업화를 이룩하고 있는 샤르딘 백작의 질문이었다. 그는 뭔가 생각나는 것이 있었지만 확인이라도 하려는 듯이 물었다.

그의 질문에 이안은 간단하게 비행기의 원리에 대해서 이야기했다.

"모두 비행 원반은 알 거라 믿겠소."

"알고 있사옵니다. 지난 전쟁 때 전하께서 타고 하늘을 날

왔던 그 접시 같은 것을 말씀하시는 것이지 않사옵니까."

"맞소. 비행기는 그것을 크게 만들어 사람이 타고 하늘을 날 수 있도록 하는 물건을 말하는 것이오."

"네? 그럼 비공정을 만들겠다는 말씀이시옵니까?"

비공정이라는 샤르딘 백작의 말에 모두는 깜짝 놀랐다. 비공정은 만드는 것도 어려울뿐더러 그 가격이 엄청나게 비싸서 귀족 정도로는 살 엄두를 내지 못하는 물건이었다.

"그 정도는 아니고… 흠… 그래, 비행 원반을 만드는 것에 들어가는 비용은 고작해야 몇십 골드면 충분하지. 물론 마나석이 들어가는 거라 유지 비용이 비싸겠지만 비행 원반 자체는 싼 물건이라는 거요."

"그, 그렇사옵니까? 몇십 골드라니… 허허……."

샤르딘 백작 이하 대신들은 비행 원반의 원가가 그 정도로 싸다는 것에 충격을 먹었다.

"아마 두 사람 정도를 태우고 하늘을 날 수 있는 비행기를 만든다면 그 원가는 아무리 비싸고 수백 골드를 넘지 않을 거요. 인공 마나석과 리차지 마법진을 각인한다고 해도 천 골드 정도? 그 정도가 최대치겠지."

이안의 말에 샤르딘 백작과 사람들은 비행기라는 물건의 상품성에 대해서 생각했다. 매직 웨건은 고작해야 지면에서 몇 미터 이상 뜨지 못하는 물건이었다.

그에 반해서 비행기는 순수하게 하늘을 날 목적으로 만들어지는 것이니 또 다른 수요를 지니고 있었다.

'이건 대박이다. 귀족들보다는 군부에서 반드시 필요로 하는 물건일 테니까!'

샤르딘 백작은 눈빛을 빛내며 이안에게 흥분 섞인 음성으로 말했다.

"반드시 만들어야 할 것이옵니다. 반드시! 그럼 제국이든 왕국이든 가서 돈을 갈퀴로 쓸어오겠사옵니다. 하하하!"

샤르딘 백작의 생각을 읽은 이안은 흡족한 미소를 지으며 비행기 개발을 위해 바쁘게 움직일 생각을 굳혔다.

시행착오를 엄청나게 겪고 난 이후에야 비행기의 개발이 완료됐다. 초기 모델은 비행 원반을 이어붙인 형태의 것이었는데 그것은 비행 원반을 홀로 타고 가는 것보다 느리고 비효율적이었다.

결국 모두가 머리를 맞대고 난 후에 만들어진 모델이 새의 날개 형태를 비행 원반에 붙이는 거였다.

거기다 속도를 내기 위한 추진력을 얻기 위해 맨 뒤쪽에 바람을 뿜어내는 프로펠러를 달아서 비행 원반의 2배 정도의 속도를 낼 수 있는 완성형 비행기를 만들었다.

"마나 코어 온! 프로펠러 가동!"

비행기는 비행 원반을 기반으로 만들어진 것이라 마나 코어가 켜지면 바로 둥실 떠올랐다. 그때부터 프로펠러가 돌아가고 곧장 공중으로 떠오르는 수직 이륙이 가능했다.

"최고 속도를 경신해 보자고. 가자!"

"이번엔 제가 이길 겁니다, 전하!"

"그러던지. 최고 속력으로!"

3대의 비행기가 공중으로 날아올랐다. 유려한 비행 솜씨를 뽐내며 전속력으로 날아가는 이안과 조종사들은 마주 불어오는 거센 바람을 만끽하며 헬카이드 산맥 쪽으로 날아갔다. 마나 코어를 최상의 상태로 유지하며 비행을 하면서 비행 원반을 개조한 감시대가 있는 곳으로 향했다.

"제1지점이다. 시간 체크!"

─11분 19초입니다, 마스터!

"좋았어. 최고 기록 경신이다!"

왕성에서 출발해서 100㎞를 주파하는 데 걸린 시간이 그 정도이니 시속 500㎞에 육박하는 속도로 날아온 것이었다.

'역시 마나 코어를 새롭게 만든 것이 주효했군.'

비행기에 탑재된 마나 코어는 2.4의 출력을 자랑하는 것으로 기간트를 만든다면 나이트급이었다. 그런 괴물 같은 마나 코어를 탑재한 결과 비행 원반의 2배를 넘어서고 비공정보다는 1.3배 정도 빠른 속도로 비행하는 것이 가능해진 것이다.

'이 정도면 로크 제국의 황성도 5시간이면 타격이 가능하다는 소리인데. 엄청나구먼.'

이제 전쟁은 패러다임 자체가 변해 버렸다. 기간트 위주의 싸움에서 비행기를 비롯한 신병기들의 시대로 들어서게 된 것이다.

요새 같은 것은 비행기로 날아가서 마법 폭탄을 투하하는 것으로 박살 내버리는 것이 가능했다. 그러니 수비하는 것으로는 답이 안 나오는 상황이 되어버렸다.

'이제 하늘을 제압하는 자가 세상을 제압하는 자가 될 것이다. 물론 기간트나 병력도 무시할 수 없겠지만 말이야.'

이안은 고개를 끄덕거리며 흡족한 미소를 지었다. 다른 나라들은 상상도 할 수 없는 비행기라는 괴물을 만들어낸 자의 미소였다.

─전하! 곧 2지점을 돌파합니다. 어떻게 할까요?

"돌아가도록 하지. 아직 적들의 눈에 띄어서 좋을 것은 없으니까 말이야."

─네, 귀환하도록 하겠습니다.

"돌아간다! 선회!"

후웅! 휘이이이잉!

유려하게 선회 비행을 하는 비행기의 날개는 은은한 빛을 반사하며 유기적으로 움직였다. 미스릴을 코팅하여 만들어

경량화시켰고, 그렇게 무게를 최소화한 날개는 꼭 콘돌의 날개와 비슷한 형태로 제작되었다.

'아공간 가방을 많이 만들어야겠어. 그래야 마법 폭탄을 가득 싣고 움직일 수 있을 테니까.'

공간 확장 가방은 다른 마탑들도 만들 수 있는 물건이었다.

그러나 그것의 단점은 경량화 마법을 건다고 해도 무게를 전부 줄여주는 것이 아니라는 점에 있었다. 마법 폭탄 300발을 싣는다고 하면 적어도 한 사람을 더 태운 무게감으로 속도가 느려질 것이었다.

'해야 할 일이 더 늘어나는군. 아니, 할 일을 더 만들고 있다고 해야 하려나.'

언제쯤 편안하게 쉴 수 있을까 생각해 보니 정말이지 답이 나오지 않았다. 아마 죽어서나 편안한 휴식을 취할 수 있을 것 같은 일상의 반복이었다.

"국장님! 이것 좀 보십시오."

로크 제국의 정보국을 담당하고 있는 자는 황제의 심복 중에 하나인 라이드먼 후작이었다. 그는 정보국의 말단에서 시작하여 승승장구한 인물로 40년 세월 동안을 로크 제국의 정보국에서 보냈다. 그 덕분에 후작까지 올라설 수 있었고 실세 중의 실세로 불리는 자이기도 했다.

"무슨 일인데 그리 호들갑인가?"

"레이너 공국에 파견된 섀도 17호가 보내온 마법 영상입니다."

"레이너 공국? 바로 재생시켜."

"네, 액티비티!"

후웅! 휘류류류륫!

수정구에서 일어난 마법력이 하나의 영상을 보여주었다.

"장난하나? 그냥 하늘을 찍은 거… 아니!"

"17호의 보고에 따르면 처음에는 그저 새가 아닌지 착각했다고 했습니다. 그런데 계속 지켜보니 비공정의 축소판 정도로 보인다고 합니다."

"으음… 저런 물건을 만들어내다니……."

칼리엄 공작 덕분에 로크 제국에서도 비행 원반에 대한 연구와 개발에 착수했었다. 그리고 1년이 지난 시점에서 제법 큰 성과를 얻을 수 있었다.

그런데 자신들의 성과를 그냥 쓰레기로 만들어 버리는 물건을 레이너 공국에서 개발한 것이 분명했다.

"다른 곳에는 입을 함구하라. 알겠는가!"

"물론입니다. 각하!"

"그래. 난 바로 황제 폐하께 보고를 올리러 가겠다. 레이너 공국에 파견된 요원들에게 저 물건에 대해서 상세하게 알아내라고 전해. 설계도나 마법진 같은 걸 얻어내는 놈에게는 작위와 어마어마한 상금을 내릴 거라고 말이야."

"알겠습니다."

라이드먼 후작은 수정구를 손에 들고 그대로 황제가 있는 곳으로 내달렸다. 황세에게 보고한 이후 모든 능력을 동원하여 비행기에 대한 것을 알아낼 예정이었다.

저런 것이 전쟁에 쓰인다면 어떤 효과가 나올지 대강은 짐작할 수 있었다. 그것이 아니더라도 최고라는 제국이 가져야 할 물건이라는 생각이 그를 뛰게 만들고 있었다.

"아프더라도 참아야 한다. 알겠느냐?"

"네, 전하."

아직은 어린 소년이 상반신을 탈의한 채 이안의 앞에 오돌오돌 떨면서 앉아 있었다. 심장 부근에 새겨진 타투는 등판에도 비슷한 것이 새겨져 있었다.

"마나여, 깨어나라! 아스툼! 켈라하! 입투스……."

마법진을 깨우는 구동어가 주문처럼 이안의 입에서 흘러나왔다. 그럴 때마다 타투가 하나씩 황금빛 기운을 뿜어내며 밝게 빛났다.

"으으… 으윽!"

아이는 이를 악물고 고통을 참아내느라 억눌린 신음을 흘렸다. 이마를 타고 흐르는 굵은 땀방울은 엄청난 고통이 아이를 몰아세우고 있음을 단적으로 보여주었다.

"되었다. 수고 많았다."

"하아… 하아… 가, 감사하……."

스륵! 쿠웅!

고통을 이겨내느라 모든 힘을 다 쓴 탓인지 아이는 감사하다는 말도 다 하지 못하고 기절하고 말았다. 강제로 1서클을 만들어내는 것이라 그 고통은 뼈를 깎는 것에 준하는 것이었다. 그러니 기절하는 것도 무리는 아니었다.

"수고하셨사옵니다. 이제 목표했던 1만 명을 모두 채웠사옵니다."

"후아! 정말 지옥 같은 한 달이었소. 그래도 모두 각성시켰으니 다행인 것 같소. 하하하!"

1만 명의 1서클 마법사를 강제로 만들어낸 것이다. 공국의 모든 마법사들이 동원되어 반년 동안 마법 타투를 새기고 한 달 동안 이안이 각성시켰다.

그렇게 탄생한 1만 명의 1서클 마법사들은 고위 마법사는 될 수 없지만 2서클까지는 그런대로 올라설 것이었다. 그 정도만 해도 각종 공장과 마법 아티팩트를 만드는 일에 엄청난 일꾼으로 쓰일 수 있었다.

"전하, 저 좀 보시죠."

다른 대신들과는 다르게 극존칭을 사용하지 않으며 이안을 부르는 사람은 다름 아닌 샐리였다. 정보국장으로서 공국의 핵심 인사로 성장한 그녀는 여전히 친근함을 유지하는 몇 안 되는 존재였다.

"나를? 좀 쉬면 안 될까?"

이안은 하루 종일 강제 각성을 시키느라 쉴 틈이 없는 강행군을 했었다. 중노동을 한 뒤라 그런지 만사가 귀찮아서 당장에라도 누워서 잠을 자고 싶은 심정이었다.

"쉬면 후회하실 텐데요?"

"그냥 후회하지 뭐."

"정말요? 그럼 저도 같이 쉴까요? 우리 애들도 좀 쉬게 하고 그럼 되겠네요."

"끄응… 알았다, 알았어."

"호호! 진즉 그렇게 나오셨어야죠. 어서 가요."

"그러자, 그래!"

짜증이 잔뜩 섞인 말투였지만 샐리는 빙긋 미소를 지은 채 이안을 이끌고 이안의 집무실로 이동했다. 가는 길에 합류한 몇몇 사람들은 기사단장인 제니스 자작과 마탑주인 로이건 후작 등이었다.

"무슨 일이 있는 건가?"

모여든 사람들의 면면을 보니 이안은 그리 호락호락한 사건은 아닐 거라 생각했다. 특히 새롭게 완성된 왕성의 치안대장을 맡고 있는 안드레아까지 있는 것이 살짝 불길한 생각이 들게 만들었다.

"일이 있어도 아주 단단히 있죠."

"말해봐."

"지금 공국 내에 암약하고 있는 적국과 동맹국이라는 곳의 세작들이 수백 명이 넘는 것은 아시죠?"

"끄응… 그거야 알고는 있지."

세작으로 의심되는 놈들은 많았지만 딱히 어떤 증거가 없는 터라 그대로 두고 있는 실정이었다.

그만큼 그들이 얻어가는 정보가 미약하다는 것이기에 다행이라고 여기는 면도 있었다.

"그것도 문제인데 이번에 로크 제국에서 블러드섀도들이 온다는 첩보가 들어왔습니다."

"블러드섀도? 뭐하는 놈들인데?"

"로크 제국의 정보국의 최정예들입니다. 잠입과 암살, 파괴가 전문이죠."

"흐음… 싸우자는 것은 아닐 테고… 뭐 하러 오는 거지?"

"제 생각에는 비행기의 존재가 저들의 눈에 띈 거 같아요. 그게 아니면 저들이 올 이유가 없어요."

"비행기… 비행기라……."

비행기라면 로크 제국 최정예 특작대원들이 올 이유로 충분했다. 정보를 빼내지 못할 경우 비행기를 제작하는 시설과 장인들을 죽이는 것으로 충분히 시간을 벌 수 있을 테니 말이다.

"얼마나 오는지는 알고 있나?"

"블러드새도는 모두 5개 대로 이루어져 있고 1개의 대는 100명씩으로 구성되어 있습니다. 그 5개 대가 모두 오는 걸로 알려졌습니다."

"능력은 어느 정도 되나?"

"소문이기는 합니다만 전원이 마검사이자 암살자로 키워졌다더군요. 마법은 3클래스에 검술은 익스퍼트 이상입니다."

"흐음… 엄청난 놈들이네. 휘유!"

3클래스의 마법사라는 것도 문제인데 검술은 기사급의 실력을 지닌 자들이라는 거였다. 종합적으로 따지면 적어도 익스퍼트 중급 이상의 실력자들로 구성된 엄청난 무력 집단이 몰려오고 있다는 뜻이었다.

"훗… 이참에 쓴맛을 단단히 보여주는 것도 나쁘지 않겠어."

"네? 어떻게 하시려고요?"

"마총을 세상에 드러내야지. 이제 그럴 때도 됐으니 말이지."

마총은 지금까지 꽁꽁 숨겨놓은 패였다. 마총의 연습은 독립여단 출신의 충성심이 강한 병사들로 이루어진 부대만 하게 했다. 그들에게도 연습 때만 나눠주고 후에는 바로 회수하여 빼돌릴 여지를 주지 않았었다.

"안드레아!"

"네, 전하!"

"치안대에 마총을 훈련한 병력이 어느 정도지?"

"치안대 전원은 옛 독립여단 출신의 병력으로 구성되어 있사옵니다. 총원 3천 명이 모두 마총으로 훈련된 병력이옵니다."

"그래? 그럼 다행이군."

독립여단 출신의 병사들로 구성된 왕성 치안대라면 실전 경험이 풍부하다 못해 흘러넘치는 전사들이었다. 아무리 기사급이라고 해도 치안대 5명이 달라붙으면 검술로 이겨낼 수 있을 정도의 실력을 갖춘 정예 중의 정예였다.

'거기다 마총으로 무장했다면… 2 대 1도 가능할 거다. 원거리에서라면 필승일 테고 말이야.'

마총의 위력을 누구보다 잘 아는 이안은 치안대에 마총을 지급할 것을 지시했다.

"지금부터 마총을 드러낸다. 치안대에 마총을 지급해."

"그래도 되겠사옵니까?"

"물론. 어차피 마력 패턴이 걸린 것이라 다른 놈들은 빼앗아도 쓰지 못하니까 문제없어."

마력 패턴으로 주인으로 정해진 사람만 사용하게 되어 있었다. 다른 자가 빼앗아서 강제로 해제하려고 하면 폭발하게끔 만들어놨기에 만약의 사태에도 안전했다.

"그리고… 칼라를 불러와야겠군."

"칼라라면… 아! 다크엘프 부족을 불러오실 생각이시로군요."

"그렇지. 암살자는 암살자로 상대해야 제맛 아니겠어?"

"하하하! 그거야 그렇사옵니다. 다크엘프 전사들이라… 아주 멋진 승부가 벌어질 거 같사옵니다."

안드레아는 로크 제국 최고의 특작대가 온다는 것에 살짝 걱정했으나 이제는 가소롭게 느껴지기 시작했다.

마총을 사용할 수 있게 되었으니 치안대만으로도 해볼 만하다는 자신감을 가졌다. 그런데 다크엘프 전사들까지 가세한다고 하니 그 자신감은 구름을 뚫고 하늘 높이 승천해 버렸다.

"샐리!"

"말씀하세요, 전하."

"놈들이 어디를 공격할지 확실하게 알아봐. 뭐 마법성이나 비행기를 생산하는 공장이 되겠지만… 뭐든 확실한 게 좋은 거니까."

"그렇게 하겠습니다."

이안은 로크 제국에 제대로 한 방 먹여주고 다시는 헛된 도발을 할 엄두를 내지 못하게 만들어줄 생각이었다.

그는 마총이라는 무기가 기사들의 시대에 종언을 고하게 할 것임을 믿었다.

3장

압도적!

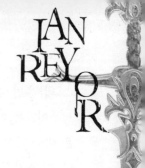

　치안대의 대원들은 모두 독립여단 출신의 병사들이었다. 독립여단과 공왕이 되기 전 이안의 사병이었던 자들의 수가 3만이 넘어가자 그중 3천 명을 치안대로 전환시켰다. 인구 100만이 채 안 되는 공국의 사정상 안정적으로 유지할 수 있는 병력이 3만 정도였다. 한데 헥토르 후작의 사병들까지 합쳐서 5만을 넘기는 것이 문제가 되어 그런 조치를 취했었다.

　"관등성명을 대라!'

　"왕성 치안대 소속 203백인대 상급병 한스입니다."

　"총번 00121781이다. 확인하고 서명하라."

"네! 총번 00121781번 확인했습니다."

부여받은 마총의 총번을 확인하듯이 외친 한스가 교육받은 대로 곧장 마법진에 침으로 상처를 낸 후 피를 떨어뜨렸다. 이제 자신 외에는 그 누구도 이 마총을 사용할 수 없게 된 것이다. 물론 레이첼 마탑의 마총 담당 마법사들에게는 해제하는 방법이 있었지만 병사들에게는 극비였다.

"마총을 지급받았으면 다음 병참 창고로 이동한다. 이동!"

"추웅!"

치안대의 대원들은 삼엄한 경계망이 구축된 병참기지를 통과하여 다음 병참고로 향했다. 기간트로도 뚫기 어려울 정도로 두꺼운 철벽으로 보호된 병참 창고는 삼중의 철벽을 지나서야 들어설 수 있었다.

"관등성명을 대고 장비를 수령하도록 한다. 보급관들은 확실하게 교차대조를 한 후 지급하도록 한다. 알겠나!"

"추웅!"

살벌한 분위기 속에서 다시 장비 지급을 받은 치안대원들은 마총을 지급받을 때와 같은 절차를 거쳐 새로운 장비를 지급받았다.

"관등성명을 대도록."

"왕성 치안대 소속 203백인대 상급병 한스입니다. 중급 서전트님!"

중급 서전트 계급장을 달고 있는 보급관은 한스의 신분 증명패와 서류를 비교한 후 뒤에서 보급품을 내주었다.

"받아라. 여기 서명하도록!"

"네!"

보급품 목록을 확인하고 보급품이 제대로 들어 있는지 확인한 한스는 모든 것이 다 들어 있다는 서명을 한 후 보급창을 나왔다.

"한스 상등병님, 이쪽입니다."

자신의 백인대가 모여 있는 곳으로 간 한스는 묵직한 보급품 가방을 내려놓았다.

"무슨 보급품이 이리 많은지 모르겠다."

"갑옷까지 새롭게 보급되는 거라던데요. 상등병님도 모르셨던 겁니까?"

"나도 몰랐다. 갑옷이야 뭐 예전 것도 훌륭했는데 말이야."

새로 보급받은 갑옷은 이전의 레더 메일이 아닌 메탈 재질의 체인 메일 비슷한 것이었다. 방호력은 레더 메일보다는 뛰어날지 몰라도 무게가 무겁고 효율성이 떨어져 보였다.

"모두 주목!"

백인대장인 맥기 대위의 외침에 한스 상등병을 비롯한 대원들이 일제히 상관에게로 시선을 집중했다.

"새로 장비를 지급받았으니 그에 대한 설명을 해주겠다."

맥기 대위는 공왕인 이안이 백인대장으로 부임했을 때 서전트였던 사람이었다. 처음 사건이 있고 그를 따르기로 맹세한 이후 검술과 마나 심법까지 하사받고 승승장구하는 인물이었다. 지금은 곧 소령으로 진급하고 준남작의 작위를 하사받을 거라 알려졌다.

"먼저 스케일 메일이다. 이것은 착용하고 여기 이 부분을 누르면 이렇게 된다."

후웅! 츠츠츠츠측!

착용하고 있던 스케일 메일이 변화를 일으키며 상반신을 완벽하게 가렸다. 목부터 낭심까지 완벽하게 덮어버리는 스케일 메일의 변화에 모두가 깜짝 놀랐다.

"특수한 합금으로 코팅된 것이라 익스퍼트급의 기사라고 해도 단번에 뚫을 수 없다. 한마디로 기사와 맞붙는다고 해도 죽는 것은 상대 기사가 될 거라는 뜻이다. 알겠나?"

"넵!"

치안대원들은 스케일 메일을 처음 봤을 때 투덜거리던 것이 언제였냐는 식으로 휘둥그레진 눈빛을 빛냈다.

"여기 이 마법진에 피 한 방울씩 떨어뜨리는 거 잊지 마라. 알겠나? 치안대를 나서는 순간 반납해야 하는 물건이지 절대 잃어버리는 일이 없도록 해야 한다. 명심하도록!"

"네, 그런데 만약에 잃어버리게 되면 어떻게 되는 겁니까?"

"좋은 질문이다. 한스 상등병."

"흐흐… 그렇습니까?"

"그래. 좋은 질문이었지. 안 그래도 이야기를 하려고 했는데 물어주어 고맙군."

"아…….."

"이 스케일 메일의 제조원가는 500골드다."

"네? 허걱…….."

500골드라는 말에 치안대원들은 모두 헉 소리를 내며 놀라고 말았다. 자신들이 한 달 치안대원으로 일하고 받는 월급이 3골드 남짓이었으니 놀라는 것도 무리는 아니었다. 원가가 그렇다면 판매가는 그 배는 더 넘어가는 가격일 것이니 말이다. 잃어버린다면 20년은 족히 무급으로 일해야 할 거라는 뜻이었다.

"불가피한 사유가 아닌데 잃어버릴 경우 모두 변상해야 한다. 그러나 공무 중에 파손되거나 대적 불가의 상대의 공격을 받아 탈취당했을 경우라면 변상할 책임이 없다. 그러니 안심하고 사용하도록."

"네, 감사합니다."

왜 감사해야 하는지 스스로 납득하기 어려웠지만 일단 입에서는 감사하다는 말이 흘러나왔다.

"다음은 매직 헬멧이다. 이 매직 헬멧은 독 공격으로부터 보호해 주는 기능이 있으며 이글아이 마법을 사용할 수 있도록 해준다. 이글아이 마법은……"

매직 헬멧에 대한 설명을 들으며 치안대원들은 엄청난 장비를 지급받았다는 것을 새삼 느꼈다. 마총의 유효 사거리는 1.2㎞에 달했는데 그 거리의 적을 눈으로는 확인하기도 어려웠다. 발밑에 기어가는 개미의 크기보다 작은 표적일 테니 말이다.

"마지막으로 매직 바인더다. 치안대원으로서 적을 제압하는 데 필수적인 장비라고 할 수 있지. 너 나와라."

"저 말씀이십니까?"

"그래, 너. 나와."

"넵!"

질문을 해서 찍혔는지 자신을 콕 찍어서 부르는 맥기의 앞으로 한스 상등병이 걸어 나왔다.

"한스 상등병이 적이라 가정하고 매직 바인더를 사용하여 제압하는 것을 보여주겠다. 모두 두 눈 크게 뜨고 지켜보도록!"

"네, 백인장님!"

대원들이 초롱초롱한 눈빛을 빛내자 맥기 대위는 매직 바인더를 한스에게 겨눴다. 30㎝ 남짓의 길이를 지닌 원통형 매직 바인더는 중간 부위에 버튼이 달려 있었다. 맥기는 그것을 누른 후 지그시 앞으로 밀었다.

끼릭! 피잉!

"헛! 뭐, 뭐……."

한스 상등병은 뭔가가 날아드는 것을 느꼈지만 눈으로 따라잡기도 어려운 속도라 그대로 매직 바인더에 포박되고 말았다. 8개의 추가 쏘아졌고 그 추에 달린 얇은 실처럼 생긴 것들에 묶여 버린 것이다.

'이 정도야 끊으면…….'

실처럼 얇은 것에 한스 상등병은 우습게 생각하고 끊어내려 했다.

"어! 으… 으아아아아악!"

갑자기 전신을 덮쳐오는 고통에 한스 상등병은 몸부림을 쳐야 했다. 얇은 줄에서 일어난 스파크가 사정없이 몰아친 탓이었다.

"움직이지 마! 움직이면 스파크 마법이 계속된다. 멈춰!"

창망 중에 들려오는 맥기 대위의 외침에 움직임을 멈췄다. 그러자 스파크 마법이 해제되고 한스는 고통에서 해방될 수 있었다.

"모두 보면 알겠지만 이 줄은 특수한 마법으로 가공된 줄이다. 일반적인 검으로는 끊어내기가 무척 어렵지. 손으로 잡아서 힘으로 끊으려다가는 손바닥이 잘려 나갈 거다."

매직 바인더에 대해서 설명을 듣는 대원들은 엄청난 포박 도구라는 생각이 들었다. 여러 명이 쏘아내는 매직 바인더라면 기사 하나 정도는 그냥 쓰러뜨릴 수 있을 것이니 말이다.

"이상 제군들이 받은 장비들에 대한 설명이 끝났다. 모두 내가 착용한대로 따라하도록. 10분 준다, 실시!"

"추웅!"

한스 상등병에 대한 매직 바인더를 해제한 맥기 대위의 명령에 대원들은 일사분란하게 지급받은 장비 착용에 나섰다. 모두가 장비를 착용하자 맥기 대위는 흐뭇한 미소가 입가에 번졌다.

'장비만 보면 근위 기사 부럽지 않네. 흐흐흐!'

매직 헬름과 스케일 아머를 기본으로 다리를 보호할 수 있는 방어 장비까지 지급된 상태였다. 무릎 관절 부위가 살짝 비어 보이기는 했지만 앞부분은 방어가 되어 있어서 빈틈은 거의 없다고 봐도 무방했다. 거기에 어깨에 메어져 있는 마총과 벨트에 달려 있는 매직 바인더를 보면 상대할 적들이 불쌍해졌다.

"좋아. 모두 착용했으면 바로 매직 웨건에 탑승한다. 가자!"

"매직 웨건이라는 말씀이십니까? 와우!"

대원들은 매직 웨건이라는 말에 환호성을 울렸다. 수만 골드가 넘어가는 엄청난 물건이라는 것을 알기에 나오는 환호였다.

"이번에 치안대에 300대의 매직 웨건이 배정됐다. 매직 라이더 500대도 함께다."

"헐… 대박……."

거의 대부분의 치안대원들이 매직 라이더와 웨건을 타고 움직일 수 있다는 소리였다. 거기에 이런 신형 장비까지 받게 되자 얼이 빠져도 단단히 빠지게 된 대원들이었다.

"진짜 이 정도면 기사라도 상대할 수 있을 거 같습니다."

"기사가 대수야? 기사단장 정도는 잡아야지. 일인당 액수를 따져도… 휘유… 어림잡아도 2천 골드는 넘을 거 같은데 말이지."

지급받은 장비의 가격을 따지면 대강 그 정도의 금액이라는 말에 모두가 다시 뜨억 하는 표정을 지었다. 말이 2천 골드지 어지간한 귀족가의 귀족도 그 정도 아티팩트로 무장하지는 않을 것 같았다.

"모두가 공왕 전하께서 네놈들을 생각해 결정하신 거다. 감사 인사를 백만 번은 해도 모자라지 않을 거라는 걸 명심해. 알겠나?"

"넵! 명심하겠습니다."

대원들은 공왕인 이안이 자신들을 생각하는 마음이 어마어마하다는 것에 감격하며 무한한 충성을 다짐했다. 그런 그들이 매직 웨건을 타고 이동한 곳은 왕성 동쪽에 형성된 공장지대였다.

—21호기 적의 움직임을 포착했다. 추적하겠다.

—16호기 담당 구역에서 수상한 움직임이 발견됐다.

—24호기……,

계속해서 공국 상공에 뿌려놓은 마법 원반으로부터 보고가 들어왔다. 매직 아이 마법으로 지상을 찍은 영상들이 속속 전해지고 정보국의 요원들은 그것을 분석하여 상부에 실시간으로 보고했다.

"놈들이 움직였습니다, 국장님!"

"목표는 어딘가요?"

"제33 특수 공장입니다."

"역시 비행기를 노리는 건가요?"

"그런 걸로 보입니다."

제33 특수 공장은 지금까지 레이너 공국이 만든 공장들 가운데 특수라는 이름이 붙은 세 곳 중에 하나였다. 그곳을 향해서 600여 명에 달하는 적들이 은밀하게 움직이는 것이 마법 영상을 통해서 실시간으로 전해졌다.

"공왕 전하께 바로 보고해야겠군요. 부국장은 지금 당장 치안대에 출동 명령을 하달하세요."

"넵!"

이미 치안대의 2천 명의 병력이 완전무장을 한 상태에서 대기 중이었다. 그들은 명령이 내려지면 폭풍과도 같은 기세로 적들을 공격할 것이었다.

'어떤 결과가 나올지 보고 싶은데. 흐응⋯⋯.'

샐리는 신형 장비로 무장한 치안대원들이 싸우는 모습을 직접 눈으로 보고 싶었다. 그들의 전투 장면은 곧 앞으로 공국이 세상을 호령할 거라는 걸 보여주는 청사진과도 같은 것이라 생각했다.

"고해주세요."

"잠시만 기다리십시오."

늦은 저녁까지 공왕의 집무실은 사람들로 북적거렸다. 공국이 한창 커나가는 시점이라 그런지 할 일은 쌓였고 그것을 처리하기 위해서는 어쩔 수 없었다.

"들어가십시오."

"고마워요."

샐리는 시종장이 열어주는 문을 통과해 집무실 안으로 들어갔다. 안에는 이안과 제니스 단장, 그리고 로이건 후작과 가논 제2마탑주가 동석하고 있었다.

"어서 와."

"전하, 보고드릴 것이 있습니다."

"그래? 급한 건가?"

"적들이 움직였습니다."

"벌써? 하긴… 흐음…….."

이안은 샐리의 보고에 잠시 고민하다 로이건 후작에게 말했다.

"인공 마나석 문제는 처음 결정한대로 밀고 나갑시다. 마법식과 제조 방법이 알려지면 그것도 나름 문제가 될 것이니 말이오."

"압력이 거셀 것이옵니다. 각국의 마나석 사정이 심각하다고 하니 말이옵니다."

"어쩔 수 없는 일이지 않소. 매직 웨건 덕분에 수요가 증폭한 것이니."

샐리는 마나석의 수요가 배로 늘어난 지금 상황임을 떠올렸다. 그리고 각국은 인공 마나석을 만드는 방법을 요구하고 있다는 것을 생각하자 지금 회의가 무엇을 위한 자리인지 알 수 있었다.

"비행기에 대한 것이 공표되면 인공 마나석 문제는 더욱 심각한 문제가 될 것이옵니다. 그에 대한 대비책을 미리 마련해야 할 것이옵니다."

"그건… 따로 대책을 마련해 보리다. 그럼 이만 회의를 마치겠소."

"고생하셨사옵니다, 전하!"

로이건 후작과 가논 백작이 물러나자 이안은 고개를 살살 내저으며 진한 한숨을 내쉬었다. 이것저것 쉬운 일이 하나도 없다는 그 표정에 샐리는 측은한 눈으로 그를 쳐다보았다.

"바로 가지. 준비는 완벽하겠지?"

"물론이옵니다. 일당백의 전사들을 보실 수 있을 것이옵니다, 전하!"

제니스 단장이 호쾌하게 대답하자 이안은 묘하게 타오르는 눈빛으로 싸움터가 될 곳을 향해 달려갔다.

아레나의 에고 시스템을 고스란히 본떠서 만들어낸 것이 왕궁에도 만들어졌다. 40개의 매직 원반이 공중에 떠서 지상을 감시하는 시스템까지 만들었고 지금도 물샐틈없는 감시를 행하는 중이었다. 아직까지 실전에 투입되지 못한 이유는 여전히 만드는 중이었기 때문이었다. 개발이 완료되면 실전에 투입되어 아레나의 던전 에고 시스템과 같은 역할을 수행할 예정이었다.

삐잉! 삐잉! 삐잉!

갑작스러운 비상 경고음에 최고 등급의 핵심 구역으로 지정된 에고 시스템 타라의 던전에 근무하는 인원들은 자리에서 벌떡 일어났다.

"무슨 일이야? 갑자기 왠 비상 경고가."

"타라! 무슨 일이지?"

—37호로부터 영상이 전송되고 있습니다. 마스터께서 지정하신 수상한 움직임입니다.

"확인해야겠다. 영상을 재생해."

—알겠습니다. 영상 재생합니다.

타라의 에고 시스템이 바로 푸른 마나의 막으로 만들어진 마법 영상을 재생시켰다. 편안하게 흐르는 강물과 고즈넉하던 들판이 울긋불긋한 물체들로 점령되어 갔다.

"몬스터들이… 어떻게?"

타라의 제어를 담당하고 있는 이들은 레이첼 마탑의 마법사들로 타라의 개발에 동참하고 있는 자들이었다. 마법사들의 장기를 구분하여 각기 참여하고 있는 분야를 나눴는데 이들은 핵심 중에 핵심인 에고 시스템에 참여하는 행운을 누리고 있었다.

"저기가 어디지?"

—37호가 감시하는 곳이니 왕성 서남쪽 27km 지점입니다.

"그곳에 뭐가 있는데?"

—제1 공장 지대로 매직 웨건을 만드는 공장이 있습니다.

왕성의 서남쪽 제1 공장 지대는 강가에서 시작하여 동쪽으로 이어졌다. 그곳을 기점으로 하여 30㎞에 달하는 공장 지대가 동쪽으로 쭉 뻗어서 건설되었다. 모두 5곳의 공장 지대가 독립적으로 건설되어 운용되었는데 비행기를 만드는 공장 지대는 맨 동쪽인 특수 공장 지대로 선포된 곳에 있었다.

"바로 공왕 전하께 이 사실을 알리도록 해."

─알겠습니다. 그리고 지금 2호로부터 영상이 들어오고 있습니다. 그것 역시 비상시에 준하는 것입니다.

"이런… 그것 역시 바로 전하도록 해."

─네, 바로… 11호로 보고가 들어오고 있…….

"계속 들어오는 내용이 비상 매뉴얼에 준하는 거라면 바로바로 공왕 전하께 알리도록. 어서!"

─알겠습니다.

타라의 에고 시스템은 시시각각 비상에 준하는 내용들이 보고되어 오는 것을 그대로 마스터인 이안에게로 전했다. 동시다발적으로 터진 그 비상사태는 10여 곳에서 이루어졌고 하나같이 위험한 것들이었다.

웅! 우웅! 웅!

이안은 왕궁을 나서서 특수 공장 지대로 몰려들고 있는 저들을 섬멸하러 가는 길이었다. 그는 갑작스럽게 아공간이 울리는 것에 바로 수정구를 꺼내 들었다.

"무슨 일인가?"

—마스터, 타라예요.

"타라? 보고할 내용이 있나 보군. 말해."

타라는 아직 완성되지 않은 에고 시스템이었다. 지금도 30여 명의 고위급 마법사들이 달라붙어서 완전무결한 시스템으로 만들어가고 있었다. 그런 에고 시스템이 마법 통신을 넣었다는 것 자체가 심각한 내용일 거라 여겼다.

—마스터께서 명령하신 위급 상황에 준하는 움직임이 포착되었습니다. 모두 열 곳으로…….

타라의 에고 시스템이 보고하는 내용을 듣자 이안의 짙은 검미가 심각한 역팔자 모양으로 휘었다.

'동시타격을 계획했다는 건가? 그런데 어떻게… 으득!'

특수 공장 지대로 이동하고 있는 놈들의 정체는 분명 로크 제국의 정보국 산하 특작대였다. 그들이 전부인 줄 알았는데 다른 곳에도 타격을 가할 부대가 움직이고 있다는 거였다.

"알았다. 바로 조치할 테니 다른 움직임이 있는지 계속 주시하도록."

—네, 마스터!

타라의 에고 시스템으로부터 마법 통신이 끊어지자 이안은 곧장 옆에서 따르고 있는 제니스 단장에게 말했다.

"총 열 곳을 동시타격하는 계획인 거 같다. 단장은 애초 계획대로 치안대를 이끌고 특수 공장 지대를 방어하도록."

"열 곳이라는 말씀이시옵니까? 지금이라도 전군 동원령을 하달하는 것이 어떻겠사옵니까?"

"그건 당연한 거고. 바로 움직여!"

"네, 전하!"

제니스가 급하게 떨어져 나갔고 이안은 당장 위급 순위에 올라 있는 매직 웨건 공장이 있는 곳으로 공간 이동했다.

"어서 나오너라. 어서!"

검은 로브를 걸친 흑마법사는 마스터가 하사한 아티팩트를 활성화시켰다. 검은 마력이 뭉게뭉게 흘러나오며 완성된 공간의 문은 이내 10여 미터에 달하는 크기로 커졌다.

"취익! 이상한 곳이다."

"취익! 취이익!"

"크아아! 누가 나를 불렀는가! 취익!"

공간의 문을 통해서 빠져나온 오크들은 일반적인 오크가 아닌 블랙오크들이었다. 2미터에 달하는 크기를 지닌 놈들은 다섯만 모여도 트롤을 제압한다는 별종 오크였다. 그런 블랙오크들이 공간의 문에서 끊임없이 빠져나왔다.

"취익! 그대가 마스터의 대리인인가?"

블랙오크 중에서도 특히 장대한 체구를 지닌 놈의 질문에 흑마법사가 거만한 자세로 고개를 끄덕였다.

"난 할리간이다. 위대한 마스터의 대리인이자 너희들이 목숨을 바쳐 사역해야 할 존재이다."

"취익! 말하라. 마스터의 명을 따르겠다."

"저곳을 파괴하라. 보이는 자들은 모두 죽이고 인간의 건물들은 파괴해야 한다. 알겠느냐!"

"취익! 명대로!"

블랙오크들의 지휘관인 대전사장이 고개를 숙이자 할리간은 흡족한 미소를 흘리며 손짓으로 공격할 곳을 가리켰다.

"가라!"

"취익! 블랙오크의 영광을 위해! 나를 따르라! 취이이익!"

블랙오크들은 대전사장의 포효에 성난 파도가 되어 제1 공장 지대를 향해서 진군해 갔다. 1만에 달하는 무리가 공간의 문을 통해서 이동해 왔고 그들은 한달음에 달려 나갔다.

"흐흐흐! 이 공간 이동 아티팩트는 참으로 대단하군그래. 앞으로 참 재미있어지겠어."

할리간은 자신이 해야 할 일을 모두 마치자 아티팩트를 회수한 후 하이드 마법을 펼치며 블랙오크들의 뒤를 따랐다.

뎅뎅뎅뎅!

위급을 알리는 타종 소리가 요란하게 공장 지대를 뒤흔들었다. 블랙오크들이 등장하자 경계병이 타종을 한 것이었다.

'제법이군. 그래 봤자지만 말이야.'

말이 1만의 블랙오크지 하나하나의 힘이 준기사급에 달하는 존재들이었다. 그런 재앙과도 같은 블랙오크들의 기습을 막아낼 거라고는 생각하지 못했다.

'어디 보자고. 얼마나 잘 막아내는지… 아니지, 얼마나 버티는 거라고 해야 하나? 10분도 못 버티겠지만 말이야.'

할리간은 가소롭다는 생각을 금치 못하며 히죽거리면서 블랙오크들의 뒤를 따라 움직였다.

"대장! 블랙오크들입니다. 어떻게 합니까?"

"어떻게 하긴 뭘 어떻게 해. 죽음으로 막는다. 전원 결사 항전한다!"

"으… 추웅!"

병사들은 고작 500명도 안 되는 인원이었다. 벌판 저쪽에서 개미 떼처럼 밀려드는 블랙오크를 상대로 하기에는 너무도 보잘것없는 인원에 불과했다. 하지만 자신들이 저항을 포기하면 공장 지대에서 일하는 민간인들이 위험에 직면하게 된다. 거기다 공장 지대가 파괴된다면 자신들이 죽는 것이 문제가 아닌 게 되어버린다. 당장 공국의 수입이 줄어들게 되고 산 자들마저 어려워지게 될 판이었다.

"마총을 사용한다. 전원 마총 사격을 준비하라!"

"추웅!"

마총을 사용하라는 지휘관의 명령에 병사들은 굳은 눈빛을 빛내며 마총을 겨눴다.

"후우… 후우……."

"긴장하지 마라. 어차피 한 번은 죽는 거다. 멋지게 죽어보자. 알겠나!"

"흐흐! 대장은 꼭 살아남으슈. 태어날 애기 얼굴은 봐야잖소."

"시덥지 않은 소리는… 모두 살아남자! 전군 사격 개시!"

"흐읍! 죽엇!"

뻐버버버버버버버벙!

500여 명의 병력은 공장 지대를 두르고 있는 10여 미터의 방어벽 위에 포진한 채 일제히 마총을 발사했다. 뿌연 마법력이 시야를 흐릿하게 만들며 총탄이 쏘아져 나갔다.

"재장전! 장전되는 대로 자유 사격을 가하라!"

"추웅!"

병사들은 그렇게라도 외치지 않으면 공포를 이기지 못할 거 같아 더욱 우렁찬 군호를 포효하듯이 터뜨렸다. 멀리서 달려오는 블랙오크 무리의 전열에서 수백에 달하는 적들이 쓰러지는 것이 눈에 들어왔다.

"봐라! 우리는 승리할 수 있다. 죽여라! 발사!"

뻐버버버버버버버버벙!

10초의 딜레이 시간이 흐른 후 일제히 마총을 발사하는 병사들은 자신이 찍은 적을 일격 필살의 각오로 쏘았다. 순식간에 쓰러지는 블랙오크들로 인해서 적들의 움직임에 이상 조짐이 나타나기 시작했다.

"취익! 모두 찢어 죽이고 말리라. 취이익!"

"취익! 더 빠르게 달려! 취익!"

블랙오크들은 일족의 전사들이 왜 죽어나가는지 이유를 몰랐다. 하지만 계속해서 전사들이 죽어나가는 것에 더욱 광분해서 소리를 질렀다. 한 줌도 안 되는 인간들을 모두 죽이기 위해 광폭한 움직임을 선보였다.

후웅! 스팟!

허공중에 모습을 드러낸 이안은 수비병들이 블랙오크들을 맞아 싸우는 것을 목격했다. 500명의 병력이 일제히 마총을 발사하자 달려가던 오크들 수백 명이 죽어나갔다. 부상을 당하는 놈들이 절반이 넘었지만 그런 놈들이라고 해도 바로 전투로 복귀할 수 있는 것은 아니었다. 그렇게 잠깐 동안 싸우는 것을 지켜보던 이안은 마총의 위력을 실감할 수 있었다.

"취익! 성문을 돌파하라! 성문을!"

공장 지대는 요새식으로 지어졌는데 외벽을 높고 단단하

게 두른 터라 블랙오크들은 입구를 돌파하려 그쪽으로 몰려갔다. 10미터가 넘는 외벽을 넘는 것은 사실상 어려웠기 때문이었다.

'입구만 막아주면 되겠군.'

이안은 외벽에 의지한 채 방어하는 병사들을 보며 만족스러운 미소를 지었다. 공장 지대의 입구를 돌파한다고 해도 이중벽으로 되어 있어 막는 것은 무리가 없어 보였다.

"골렘 소환!"

이안은 아공간에 들어 있는 백여 개의 골렘의 핵 중에서 10개를 꺼냈다. 지상에 떨어지자 곧장 주변의 바위들을 끌어모으며 스톤 골렘이 완성되어 갔다.

—마스터를 뵙니다!

—마스터, 명령을!

스톤 골렘들은 오랜만에 불러준 이안에게 충직한 예를 표했다. 아직까지 레이첼이 만든 에고를 완벽하게 따라잡지 못한 이안은 그런 골렘들의 에고가 무척 부러울 따름이었다.

'언젠가는 따라잡을 수 있겠지. 내 전문 분야가 아니어서 그럴 뿐이니!'

이안은 자기 승리의 말을 스스로에게 전하며 골렘들에게 명령을 내렸다.

"저 입구를 막아라. 블랙오크들이 접근하지 못하도록 해야 한다. 알겠느냐!"

─마스터의 명대로!

골렘들은 쿵쾅거리며 공장 지대의 외벽 입구로 달려갔다. 10여 미터에 달하는 스톤 골렘의 등장에 깜짝 놀랐던 블랙오크들이었다. 하지만 벼락 치는 소리가 들릴 때마다 죽어가는 전사들 덕에 정신을 차리고 다시 달려들었다.

"취이익! 괴물부터 처리한다. 공격!"

"취익! 성문을 부숴라!"

오크들의 파상공세가 이어졌지만 외벽 위의 병사들은 공중에 둥실 뜬 채 골렘을 소환한 이안을 보고 마음을 놓았다. 이안이 등장했으니 저런 블랙오크들 따위는 자신들의 상대가 될 수 없다는 확고한 믿음이 있었다.

"전하께서 오셨다. 놈들을 쓸어버리자."

"우오오오! 죽엇!"

뻐버버버버버버버벙!

심기일전해서 다시 마총을 발사하는 병사들의 사격에 오크들이 우수수 쓰러지며 죽음의 강을 건너갔다.

'흐음… 이건… 흑마법사인가?'

이안은 이질적인 마력의 유동을 포착했다. 눈에 보이지는 않았지만 흑마법사가 근처에 있음을 느낀 것이었다.

'어디에 있을까? 어디에… 저기로군!'

이안은 기감을 열어 흑마법사가 있는 곳을 찾았다. 서쪽으로 얼마 떨어지지 않은 곳에 자리한 채 경악하고 있는 흑마법사의 모습이 심상으로 전해져 왔다.

'쥐새끼부터 처리해야겠군.'

흑마법사가 하고 있는 것은 지금 벌어지고 있는 싸움을 마법 영상으로 찍는 것이었다. 어차피 마총을 세상에 알리기로 한 터라 약간의 시간을 준 후 그대로 블링크 마법으로 놈에게 날아갔다.

"헉!"

"다 찍었는가?"

"어, 어떻게……."

하이드 마법으로 숨어서 기척까지 완벽하게 지웠다고 생각했다. 그러니 아무리 대단한 마법사라고 해도 자신을 찾지 못할 거라 생각했었다.

"네놈들에게서는 더러운 악취가 나지. 그 악취를 지우지 못하는 한 내 눈을 피할 수는 없어."

"이, 이런… 브, 블링크!"

후웅! 파앗! 파팟!

공간 이동 마법으로 도망가려고 했지만 어떻게 된 것인지 마력이 움직이지 않았다.

"후후! 내 앞에서 마법을 펼치려느냐! 어리석은 놈!"

스릇! 피피핏!

이안의 손이 허공에서 기이한 움직임을 선보였다. 그러자 흑마법사는 온몸이 마비되는 것을 느끼며 그대로 무너져 내렸다.

'이제는 대놓고 달려든다 이건가? 재미있군.'

이안은 다른 곳에도 같은 전투가 벌어지고 있는 터라 곧장 그곳을 지원하기 위해 움직였다.

4장

제국의 특사

총 열 곳에서 벌어지는 동시타격은 비행기 공장을 노리고 있는 특작대를 위한 공격이었다. 이는 다른 곳으로 모든 방어 병력이 몰려들기를 바라고 한 작전이었다. 1시간 늦게 작전 시간을 정한 로크 제국의 정보국 산하 특작대는 대장인 혈영 1호의 명령을 기다렸다.

"시간이 됐다. 철저하게 부수고 중요 물품은 노획한다. 가자!"

"명!"

혈영 1호가 선두에 서서 은밀한 이동을 개시했다. 어둠이 짙게 깔려가는 저녁 무렵에 이루어진 작전은 검은 레더 메일에 망토를 두른 그들을 완벽하게 가려주었다.

"원반을 사용하여 신속하게 방어 병력을 무력화시킨다. 가라!"

"넵! 가속!"

쎄에에에에에에엑!

30여 대의 비행 원반을 탄 블러드섀도 대원들이 어둠을 가르며 날아갔다. 칼리엄 공작이 탔던 초기 모델에 비해서 훨씬 발전된 형태를 띤 비행 원반은 레이첼이 만든 비행 원반에 비견될 정도로 작고 민첩한 기동이 가능해졌다.

피피피피피피피피핑!

비행 원반을 타고 미끄러지듯이 쇄도한 블러드섀도 대원들이 작고 경량화된 크로스보우로 방어벽 위에 서 있는 병사들을 향해 볼트를 날렸다. 전투마의 두 배에 달하는 속도로 달려가면서도 한 치의 오차도 없이 크로스보우로 경계병을 저격했다.

"좋아! 모두 쓰러졌다. 신속하게 방어벽을 넘는다!"

비행 원반은 수십 미터 높이까지 떠오른 상태에서 비행이 가능했다. 대원들은 유려한 조종 실력을 뽐내며 방어벽을 넘어섰다. 이제 문을 열기만 하면 모든 것은 자신들의 뜻대로 될 것이었다.

"오느라 수고 많았다. 사격 개시!"

뻐버버버버버버버벙!

귀청을 찢어발기는 굉음이 방어벽을 넘어서는 블러드섀도 대원들을 덮쳤다. 그리고 갑자기 눈을 부시게 만들 정도의 밝은 빛이 사위를 비쳤다.

"크헉!"

"사, 살려… 끄륵!"

온몸을 꿰뚫는 고통에 비행 원반에서 떨어지며 그대로 지상으로 추락했다. 죽어가며 본 방어벽 위에는 허수아비들이 이리저리 쓰러져 있었다.

"너희들은 포위됐다. 항복하면 목숨은 살려주마!"

제니스는 아다만티움으로 만들어진 스케일 메일을 걸친 채 손에는 이글거리는 오러쓰레드를 피워 올렸다. 기사단장이 되면서 이안으로부터 브레이브 소드를 전수받았고 마계 원정을 통해서 지독한 수련을 한 덕분에 최상급 익스퍼트까지 올라섰다. 그것도 거의 끝자락에 이르러 조만간 마스터의 경지에 올라설 것이었다.

"함정… 으득!"

혈영 1호는 방어벽을 넘어서던 비행 원반 조가 몰살당하는 광경을 눈으로 목격하고 이를 갈았다. 방어벽에 우르르 올라서는 자들은 이색적인 갑옷 차림에 처음 보는 무기를 손에 들고 있었다. 기다란 막대기같이 생긴 무기였는데 그 무기에 의해서 원반 조가 몰살당했을 것으로 추측되었다.

"으득… 마법 스크롤로 공격한다. 가자!"

마법도 사용할 수 있는 마검사들이지만 효율성 좋은 스크롤로 공격을 시작했다. 일제히 달려 나가며 방어벽을 향해서 마법 스크롤을 찢었다.

후웅! 화륵! 슈슈슈슈슝!

수백 줄기의 마법력이 허공을 가르며 방어벽으로 날아갔다. 하나같이 강력한 범위 공격 마법들로 한꺼번에 터진다면 그 어마어마한 위력에 의해서 방어벽도 무사하지 못할 것이었다.

"방패 앞으로!"

제니스는 적들이 마법 스크롤로 공격하자 방패로 막으라는 명령을 내렸다. 스케일 메일로 전신이 방어되는 상황에서 방패로 가린 병사들은 망토로 전신을 휘감았다.

퍼펑! 퍼퍼퍼퍼펑!

마법이 방어벽 위에서 엄청난 폭음을 내며 터졌다. 울긋불긋한 화염이 충천하고 사방으로 뜨거운 열기가 휘몰아쳤다.

"반격한다. 마총 발사!"

"발사! 발사하라!"

병사들은 마법을 직격당한 몇몇을 제외하고는 아무런 타

격을 받지 않았다. 재빨리 방패를 거둬들이며 마총을 겨눈 병사들은 돌진해 들어오는 적들을 겨냥했다.

"이거나 먹어라!"

"어딜 기어올라 와. 죽어!"

뻐버버버버버버버버벙!

병사들이 일제히 쏘아대는 마총에 의해서 방어벽에 거의 접근했던 블러드섀도 대원들 중 꽤 많은 수가 쓰러졌다.

"저, 저……."

혈영 1호는 적군이 사용하는 무기를 보고 경악했다. 마법을 사용하는 자답게 마총의 원리가 어떤 식으로 이루어지는지 눈치챈 것이었다.

"마동포……."

마동포의 원리를 소형화시킨 것이 마총이라는 것을 말이었다. 그리고 채 10초도 흘러가기 전에 다시 사격이 가능한 것을 보고 죽음을 생각해야 했다. 방어벽을 올라서는 것은 문제가 아니지만 그 전에 대원들의 대다수는 목숨을 잃어야 할 판이었다.

"이런!"

본능적으로 뭔가가 날아드는 것을 느끼고 자세를 낮췄다. 라운드 실드로 얼굴을 가린 채 롱소드를 휘두르며 날아드는 것을 쳐내려 했다.

피릿! 촤악!

뺨을 스치고 귓불까지 뚫어버린 무언가에 의해서 화끈거리는 통증을 느꼈다.

'라운드 실드가 뚫리다니… 미친!'

방패마서 뚫고 들어와 얼굴에 상처를 입게 만든 마총에 경악했다. 저 정도의 위력이라면 풀 플레이트 메일을 걸쳤다고 해도 안심할 수 없었다.

'비행기라는 것이 문제가 아니다. 저 무기… 본국에 반드시 알려야 한다.'

마총에 대한 것을 본국에 알려야 한다는 판단에 주위를 빠르게 훑어 살아남은 대원들을 보았다. 아직 절반 정도는 살아남은 채 방어벽을 향해 돌진하고 있었다.

"퇴각! 퇴각한다!"

"퇴각하라! 퇴각하라!"

주변에 있던 대원들이 자신의 명령을 따라 외치자 그대로 뒤로 돌아 줄행랑을 치기 시작했다. 살아남아서 반드시 저 마총에 대한 것을 상부에 알려야 한다는 생각뿐이었다.

"적들이 도망치지 못하게 모두 죽여야 한다. 쏴라!"

"추웅!"

병사들은 마총의 마법진에 마나가 차기를 기다리며 도주하는 적들을 겨눴다. 마나가 모두 차자 그대로 발사하며 적들에게 죽음을 선사했다.

"방향을 틀며 달려라. 직선으로 달리면 죽는다!"

"네, 대장!"

마동포도 그렇지만 일직선으로 날아가는 무기의 특성을 고려하여 지그재그로 뛰며 도주를 거듭했다. 돌진하던 것보다 더욱 빠르게 퇴각하는 혈영 1호와 그 부하들은 어느 정도의 거리까지 도주하자 조금은 마음을 놓을 수 있었다.

"흐흐흐! 여기까지 오느라 고생 많았어."

"항복하는 게 어때?"

갑자기 들려오는 음성과 함께 공중에 수십 개의 라이트 마법구가 떠올랐다.

"이런……."

자신들이 올 때까지만 해도 없었던 수백 대의 매직 웨건과 매직 라이드가 길게 늘어서 있었다. 루프탑을 개방하여 두 명씩 상반신을 보이는 병사들의 모습도 함께였다.

"대장, 어떻게 합니까?"

반원을 그리듯이 포위한 매직 웨건과 매직 라이드에 탑승한 적들의 손에는 역시나 마총이 들려 있었다.

"마법을 집중해서 한 곳을 뚫는다. 포위망을 뚫으면 몇 명을 도주할 수 있을 거다."

"하지만……."

"누군가는 반드시 알려야 한다. 아니면 제국이 위험에 처할 수 있어. 저 무기는 그런 무기다."

혈영 1호의 말에 대원들도 마총이라는 무기의 위험성을 확실히 인지했다.

"알겠습니다."

"반드시 본국으로 귀환하시기 바라겠습니다."

대원들은 목숨을 걸고 혈영 1호를 탈출시킬 작정을 했다. 자신들보다는 그가 살아서 돌아가야 더 확실한 보고를 할 수 있을 거라 믿었다.

"가자!"

후웅! 휘슈슈슈슈슈슈슝!

살아남은 대원들이 모여들며 일제히 스크롤을 찢었다. 그들이 날린 마법들이 한곳으로 집중되며 날아들었다.

"실드 마법을 펼쳐라. 어서!"

"실드!"

"마나 실드!"

블러드섀도의 대원들은 방어 마법을 펼치며 마총에 대비했다. 그리고 마법 스크롤이 집중된 곳으로 일제히 내달렸다.

"어림없는 수작! 쏴라!"

뻐버버버버버버버버벙!

매직 웨건과 라이드에 탑승한 채 마총을 겨누고 있던 대원들은 적들의 공격에 맞대응했다. 매직 웨건은 6클래스의 마법도 저항하는 괴물과도 같은 능력을 지니고 있음을 잊어버린 적들에게 내리는 징벌이었다.

"크윽!"

"마나를 모두 퍼부어라. 어서!"

실드가 깨져 나가는 것에 마력을 모두 퍼부어가며 실드 마법을 다시 걸었다. 그 덕분인지 대다수의 대원들이 포위망을 돌파할 수 있었다.

"멍청하기는… 그대로 깔아버려!"

"가자!"

슝! 슈슝! 슈우우웅!

매직 웨건은 적들이 돌파하여 그대로 도주하는 것에 방향을 틀며 그대로 내달렸다. 인간이 아무리 빨리 달려도 매직 웨건의 속도를 이겨낼 수는 없었다.

콰앙! 쿠우웅! 퍼억!

사방에서 매직 웨건이 블러드섀도 대원들을 덮치는 소리가 요란하게 울렸다. 매직 웨건의 속도에 더해진 무게감은 온몸의 뼈를 산산조각 내버렸다.

"산개해서 도망친다. 약속 장소에서 살아서 만나자. 가라!"

혈영 1호는 살아남은 대원들의 수가 이제 수십 명으로 줄

어든 것에 마지막 명령을 내렸다. 모두가 뿔뿔이 흩어져야 적의 추격도 분산될 것이었다. 그래야 누군가 한 명쯤은 살아서 본국으로 돌아가 이 사실을 알릴 것이라 여겼다.

'마법도 무시해 버리는 갑옷… 일개 병사가 그런 장비로 중무장하다니… 거기에 저 축소형 마동포 같은 무기까지… 도대체 이 나라는 어떻게 된 나라라는 말인가.'

일개 병사에게 저런 엄청난 장비를 지급했다는 것이 믿어지지 않았다. 정보국 최고의 특작대인 자신들도 가지지 못한 장비들이지 않은가. 그런 병장기들로 무장한 레이너 공국과 싸움이 벌어진다는 생각을 해보았다.

'대비가 되어 있지 않다면… 제국은 한순간에 허물어질 것이다. 하루 만에 수십만이 죽어나갈 테니까.'

혈영 1호는 무서움에 치를 떨며 필사적으로 도주했다. 이 사실을 알리지 못한다면 죽어도 눈을 감지 못할 것이기 때문이었다.

"이크!"

피잉! 피이잉!

파공성이 들릴 때마다 대원들이 퍽퍽 소리를 내며 쓰러져 내렸다. 그 사이에서 악착같이 살아남아 도주하는 혈영 1호는 전신의 감각을 극대화시킨 채 미친 듯이 이리저리 몸을 틀어가며 뛰고 또 뛰었다.

'강물… 강물에 들어가면 된다. 강물까지!'

그리 멀지 않은 곳에서 유유히 흐르는 강물이 어두운 가운데서도 확실하게 눈에 들어왔다. 남은 대원들이 사방으로 흩어져서 도주하고 자신의 뒤를 추격해 오는 매직 웨건은 10여 대에 불과했다.

'조금만… 조금만 더… 강물로!'

어둠에 휩싸인 강물을 향해 몸을 날렸다. 이제 차가운 물이 자신을 감싸고 무사히 도주할 수 있을 거라 생각했다.

펑! 퍼펑! 촤촤촤촤!

강물로 몸을 날린 혈영 1호는 갑자기 강 쪽에서 들려오는 소음에 눈을 동그랗게 떴다. 그리고 그의 눈에 들어오는 수십 명의 흐릿한 형체에 이를 악물었다.

"오느라 고생이 많았어."

"커헉! 끄아아아아악!"

혈영 1호의 입에서 비명 소리가 절로 터져 나왔다. 온몸을 옭죄는 차가운 감촉과 그 뒤를 이어서 전해오는 강렬한 짜릿함에 정신을 차릴 수 없었다.

"와우! 이거 엄청 좋은데?"

"그러게요. 제압용으로는 최고입니다. 최고!"

칼라는 자신의 손에 들린 원통을 만지작거리며 히죽거리고 웃었다. 일족의 전사들 역시 같은 매직 바인더를 들고 신기해하는 모습들이었다.

"나머지 놈들도 모두 잡아야 하니까 서두르자."

"넵!"

다크엘프 전사들은 살아남아서 도주하는 자들을 모두 제압하라는 명령을 받았다. 그들은 자신들의 주인인 이안을 위해 확실하게 일을 매조지하기 위해서 필사적인 추격에 나섰다.

"독한 놈들 같으니……."

"독단을 깨문 거 같습니다. 정말 대단하네요, 어떤 의미에서는……."

칼라와 다크엘프 전사들은 적들이 도주할 곳에서 미리 은신하고 있다가 기습적으로 제압했다. 단 한 명도 도망치지 못하고 제압당했는데 결과적으로 제압만 한 셈이 되어버렸다.

"어떻게 하죠? 마스터께서 화라도 내시면……."

"이만한 일로 화를 내실 마스터가 아니시다. 일단 보고를 해야 하니 사체를 모두 한곳에 모아놓도록 해."

"네, 바로 조치하겠습니다."

칼라는 입안이 꺼끌꺼끌한 느낌에 미간을 좁혔다. 아무리 독하다고 해도 사로잡힌 상황이 되자 독단을 깨물고 죽을 수 있는지 조금은 이해하기 어려웠다. 자신들이라면 끝까지 싸우다 죽는, 아니, 죽임을 당하는 것을 택했을 것이다. 명예로운 죽음을 위해서라면 그렇게 하는 것이 당연하지만 전자는 전혀 명예로운 죽음이 아니었으니 말이다.

"마스터! 보고드릴 것이 있습니다."

비행기를 만드는 특수 공장의 방어가 맨 마지막에 이루어진 탓에 이안은 그곳에서 사후 처리를 위해 분주하게 움직였다. 피해는 그리 크지 않았지만 수백 발의 화염 마법이 떨어진 탓에 화재가 번졌던 탓이었다.

"도주한 놈들은 모두 제압했소?"

"그것이… 모두 자결했습니다. 죄송……."

"죄송은 무슨. 자결하는 놈들을 무슨 수로 막겠어. 그래도 참 대단하네. 역시 다크엘프 일족의 전사들답다고나 할까?"

한 놈도 빠짐없이 제압했다는 것에 이안은 마음이 든든했다. 다크엘프 일족의 전사들이 자신의 휘하에서 계속 머문다면 이런 일이 있을 때는 마음을 턱 놓아도 될 것이니 말이다.

"전하! 로크 제국의 것으로 특정할 수 있는 것은 하나도 없사옵니다."

"그렇겠지. 나 같아도 그런 물건은 남기지 않을 테니까 말이야."

제니스의 보고까지 들은 이안은 자신들이 만들어가고 있는 힘을 세상에 슬쩍 흘리는 것으로 만족하기로 했다. 그리고 이번 습격을 큰 피해 없이 제압한 것은 그 어떤 것보다 기분이 좋아지는 것이었다.

"그나저나 마총이 이렇게 세상에 알려져도 상관없겠사옵니까? 당장 내일 날이 밝으면 모두 달려들 텐데 말이옵니다."

마총에 대한 것은 이제 각국의 첩자들을 통해서 본국으로 전해질 것이었다. 사상자가 거의 나지 않을 정도로 압도적인 학살을 기습을 받은 상황에서 하지 않았던가. 다른 국가들은 마총의 등장에 초비상사태임을 인지하고 바로 달려들 것이 분명했다.

"그러라고 일부러 알린 거니까 상관없지. 아마 국지전 정도는 감수해야 할지도 모르고."

"국지전이라면······."

"마총을 팔지 않겠다고 할 거거든. 그럼 당장에 체이스와 락토르는 반발하겠지. 병력을 국경에 몰아넣고 무력시위도 할 것이고 말이야. 후후후!"

이안은 그런 국지전 상황이 오기를 바랐다. 화끈한 무력 시범을 한번 제대로 보여주고 병력이 많다고 전쟁을 이기는 것이 아님을 그들이 깨닫게 되기를 바라는 것이었다.

"피해 사항은 모두 집계가 되었나?"

"57명의 사망자와 300여 명의 부상자가 발생했습니다. 부상자들은 흑마탑에서 만든 치료 포션으로 회복이 되었다는 보고입니다."

"치료 포션이 효과를 제대로 발휘한 모양이군. 그나마 다행이라고 해야겠어."

전향한 흑마법사들이 세운 흑마탑은 흑마법을 기반으로 여러 가지 연구와 물품들을 만들어냈다. 신전이나 백마법의 치유 포션과는 다르게 키메라를 만드는 방식을 적용한 치료 포션은 그들이 만들어낸 역작이었다. 재생력을 수천 배 끌어올려 주는 것이라 치료 시 극악한 고통에 시달리지만 신전의 포션보다 더 뛰어난 효과를 지닌 물건이었다. 거기다 양산하는 것도 수월하여 병사들에게 개인 지급을 할 수 있을 정도였다. 계속해서 만들어지고 있어서 앞으로도 원활한 보급이 이루어질 예정이었다.

"사망자들에 대한 예우에 최선을 다해주도록 해. 유가족들이 어려움 없이 살아갈 수 있도록 지원해 주는 것도 잊지 말고."

"네, 유가족들이 어렵지 않도록 최대한 배려하겠사옵니다. 그리고 전사자들은 만들어놓은 법에 따라 명예롭게 평안에 들 수 있도록 예우하겠사옵니다."

"그래, 그렇게 해야지. 이 나라를 위해서 목숨을 바친 사람들인데 당연히 명예롭게 갈 수 있도록 해야지."

그 말에 제니스와 지휘관들은 진심으로 뿌듯하게 차오르

는 무언가를 느꼈다. 이 나라를 위해서라면 목숨을 바쳐서 싸워도 후회가 없겠다는 그런 감정이 그들의 입가에 흐릿한 미소를 짓게 만들었다.

마총의 등장은 각국을 발칵 뒤집어 버렸다. 세작들이 각국에 자신들이 얻은 정보와 전투에 대한 마법 영상을 보내자마자 벌어진 일이었다.

"전하! 전하! 큰일 났사옵니다. 전하!"

아침 댓바람부터 큰일 났다고 외쳐대는 통에 아레스 국왕은 인상을 찌푸렸다. 국왕으로 취임한 이래 단 하루도 편히 쉬지 못했던 터라 나날이 이마에 주름만 늘어가는 아레스 국왕이었다.

"무슨 일이길래 그리 호들갑인 게요?"

"이걸 보시옵소서, 전하!"

정보국장이 건네는 마법 수정구를 받아 든 아레스 국왕은 뚱한 표정으로 마법 영상을 활성화시켰다. 수정구에서 활성화된 영상은 엄청난 수의 오크들이 요새 비슷한 곳을 향해 쳐들어가는 모습이 찍혀 있었다.

"이런… 블랙오크인가? 블랙오크가 아국을 공격한 것이오?"

블랙오크는 오크들 중에서 변종이라고 할 수 있는 놈들이었다. 그들이 공격을 해왔다면 당장 군대를 동원하여 토벌해야 했다. 만에 하나라도 놈들이 영역을 차지하고 세를 불린다면 나중에라도 왕국 전체가 위험에 처할 수 있었다.

"아니옵니다. 레이너 공국이옵니다."

정보국장은 이마에 흐르는 땀을 훔치며 마법 영상이 전해져 온 경로를 보고했다.

"레이너 공국에 파견된 첩자의 보고라 이거요?"

"그러하옵니다. 지난밤 레이너 공국의 공장 지대를 블랙오크들이 공격한 영상이옵니다."

"그렇군. 그렇다면 다행스러운 일이라 해야겠구먼."

자국에서 떨어져 나갔으니 이제는 남의 나라라고 해야 할 레이너 공국이었다. 그러니 그들이 블랙오크들의 공격을 받든 말든 신경 쓸 이유가 하등에 없는 것이다. 그런 것을 따져보면 정보국장이 큰일 났다고 호들갑을 떠는 이유가 뭔지 궁금했다.

"레이너 공국이 공격을 받았는데 왜 큰일이라는 거요? 혹 블랙오크들에게 레이너 공국이 멸망하기라도 했소?"

"아니옵니다. 계속 보시옵소서. 그럼 이유를 알 수 있을 것이옵니다."

"흐음… 알겠소."

아레스 국왕은 마법 영상에 다시 시선을 집중했다. 블랙오

크들이 요새와 같이 만들어진 곳으로 빠르게 돌격해 들어갔
다.

"응? 뭐지? 왜 블랙오크들이⋯⋯."

먼 거리에서 찍은 영상이라 정확한 모습을 볼 수는 없었다.
뇌성벽력이 터지는 굉음이 요란하게 들리고 갑자기 블랙오크
수백 마리가 쓰러졌다.

"이게 어떻게 된 것이오? 저 먼 거리라면 활로 죽인 것은
아닌 듯싶은데 말이야."

"세작의 보고에 따르면 마총이라는 신병기라고 하옵니
다."

"마총? 그건 또 뭐요?"

"마동포를 작게 만들어 병사 개인이 사용하는 무기라고 했
사옵니다."

"마동포를 작게? 허어⋯⋯."

마동포를 작게 만들어서 병사 개개인이 사용할 수 있도록
만든 무기라는 말에 아레스 국왕은 패닉 상태에 빠졌다. 수만
명의 병사들이 그런 무기를 가지고 전장에 나온다면 어떻게
될까 하는 생각을 하자 끔찍한 상상이 든 것이었다.

"그 무기를 빼내오시오. 당장!"

"그것이⋯ 시도를 했지만 실패했다고 하옵니다."

"실패? 그게 무슨 소리요? 실패라니?"

"탈취를 하려고 했으나 오히려 탈취하려고 한 세작들이 붙잡혔다고 하옵니다."

세작들은 기본적으로 뛰어난 전투 능력을 가진 자들이었다. 그런 자들이 일반 병사에게 붙잡혔다는 말을 하고 있으니 복장이 터질 노릇이었다.

"고작 병사 따위에게 사로잡혔다는 말이오? 그게 말이 된다고 여기시오, 지금!"

"그것이… 저 마총 외에도 이상한 병기들로 무장했는데 그것이 기사도 제압할 정도의 위력이었다고 하옵니다."

"기사를 제압하는 병기… 허허… 이거야 원."

도저히 머리로 이해할 수 없는 일들 투성이었다. 병사가 기사를 제압하는 상황이라면 이제 세상은 기사라는 존재가 필요 없어질 것이었다. 아니, 저 병기들로 무장한다면 반드시 그렇게 될 것 같았다.

"특사를… 특사를 파견해야겠소."

"특사를 말씀이시옵니까?"

"그렇소. 저 병기를 어떻게든 손에 넣어야겠소. 그게 아니면 이 나라는 조만간 세상에서 지워질 것이니 말이오."

"알겠사옵니다. 하오면 누구를 특사로 보내실 생각이시옵니까?"

특사로 보낼 사람을 떠올리자 누구 하나 신통치 않았다. 이안과 그나마 친분이 있는 사람은 이실리스 후작인데 그도 지난번 협박 사건 때문에 완전히 틀어져 버렸다.

"어떻게 한다… 누굴 보내야 한단 말인가. 제기랄!"

욕설을 터뜨리며 아레스 국왕은 방 안을 서성였다. 한참을 생각하다 떠오르는 인물이 있었다. 그러나 그 인물을 보내는 것은 자신의 자존심을 바닥으로 내던지는 선택이 될 것이었다.

"나라가 우선이지… 내 자존심 따위… 개나 줘버리라지."

"누구를 보내실 생각이시온지요?"

"헬렌 누님에게 가자."

"헬렌 공주님을 말씀이시옵니까? 그건……."

"닥쳐라! 나라가 살아남아야 공주도 공주인 것이다."

"흐윽… 아, 알겠사옵니다."

정보국장은 아레스 국왕의 일갈에 찔끔하며 비통한 표정으로 길라잡이에 나섰다.

후웅! 웅! 웅! 웅! 웅!

공간 이동 마법진이 새겨져 있는 마탑의 중지에 근위 기사단장인 제니스 단장과 로이건 후작이 서 있었다. 그들을 호위라도 하려는 듯 수십 명의 기사와 마법사들이 뒤에 대오를 갖춘 채 강렬한 안광을 빛냈다.

"이번에는 누가 오는 겁니까?"

"로크 제국에서 온다고 하더군. 마법 통신으로 통보를 한 것을 보면 공작인 듯하네."

"공작이라면… 작정하고 보내는 모양이군요."

"뭐 그렇지. 발등에 불이 떨어졌는데 가만있을 수는 없었 겠지."

"끄응… 개자식들……."

"허허허! 너무 그러지 말게. 그들로서는 어쩔 수 없는 선택 이었을 테니 말이야. 뭐 우리 입장에서는 열이 받는 것이 당 연하지만."

특작대를 보내서 공격한 것이 며칠 전의 일이었다. 그 일로 인해서 피해를 입은 것을 복구하고 공장을 다시 가동시키는 데 걸린 시간이 3일이었다. 거기다 죽은 병사들에게 훈장과 위로금을 전달하고 장례를 치렀었다. 그 과정을 진두지휘했 던 제니스는 남들보다 더한 분노를 곱씹어야 했었다.

"게이트 오픈 요청이 들어왔습니다."

"알았다. 게이트는 열어라!"

"명!"

마법사들이 공간 이동 게이트를 열자 푸른 마력이 공간의 문을 열었다.

후웅! 파앗!

공간 이동 게이트를 통과하여 나오는 사람은 제법 강해 보이는 기사였는데 그 뒤로 수십 명의 기사들이 줄을 지어 나왔다.

"누군지 아시겠습니까?"

"흠… 페드로이아 후작가의 문장일세."

"페드로이아 후작가라면… 아! 누군지 알 것 같군요."

공작이 온다는 말에 조금은 긴장했던 제니스 단장은 페드로이아 후작가라는 말에 마음을 놓았다. 로크 제국의 인사들 가운데 몇 안 되는, 이안과 친분이 있는 인사의 방문이었다.

"허허! 로이건 후작께서 나와 계실 줄은 몰랐구려."

"어서 오십시오. 페드로이아 후작 각하!"

"이런, 이런! 공작이라오, 공작!"

"아! 그렇습니까? 이게 제가 실례를 범했습니다. 용서를 구합니다."

"아니오. 타국의 인사에 대해서 모를 수도 있지요."

"감사합니다."

페드로이아 후작가가 공작가로 올라섰다는 말에 제니스 단장은 뭔가 이상하다는 느낌을 지울 수 없었다. 페드로이아 가문은 대대로 황실에 반하는 귀족파의 핵심이었다. 그런 곳에 공작의 작위를 내렸다는 것은 뭔가 획책하는 것이 있다는 뜻이었다.

"공왕 전하께서 기다리십니다. 제가 모시지요."

"제니스 단장이라고 했던가? 부탁하리다."

"가시지요."

제니스 단장이 선두에 서서 길라잡이를 하고 로이건과 두 런두런 이야기를 나누며 페드로이아 공작이 따랐다.

"참으로 멋진 성이로군그래."

페드로이아 공작은 마탑을 나서서 본 왕궁의 모습에 감탄 사를 내뱉었다. 백색의 궁전이라고 불러야 할 정도로 하얀 석 조 건물들이 환상적인 조화를 이루며 늘어서 있었다. 거기에 더해 눈을 즐겁게 만드는 정원수가 곳곳에 심어져 있어서 운 치를 느끼게 만들었다.

"드워프 장인들의 솜씨입니다. 인간의 실력으로는 그들의 장인 혼을 따라가기 어렵지요."

"그런 거 같소. 저기가 대전인 모양이구먼."

"그렇습니다. 들어가시죠."

근위 기사들이 도열한 곳을 지나쳐 대전으로 들어선 페드 로이아 공작은 신의 걸작이라고 불러야 할 장엄한 부조들로 가득한 문을 통과했다.

"고하시게."

"네, 각하!"

쿵쿵!

"로크 제국의 페드로이아 공작께서 드십니다!"

시종장의 외침에 문이 열리고 레이너 공국의 대신들이 양옆으로 도열한 채 페드로이아 공작을 맞이했다. 특사로서 자신의 임무를 완수하기 위해 의지를 다지는 공작의 강렬한 안광이 투사되어 나왔다.

5장

독대

페드로이아 공작은 대전으로 들어서며 안에 도열해 있는
사람들을 살폈다. 옆에서 에스코트를 하는 로이건 후작과 제
니스 단장은 7서클의 마도사와 최상급의 익스퍼트였다. 그러
니 그들이 강한 것은 당연한 일이지만 안에 모여 있는 인사들
도 만만치 않았다.

'엄청나군. 레이너 공왕이 강한 거야 익히 알려진 사실이
라지만… 그 휘하의 사람들도 범상치 않군.'

6서클을 이룬 마법사만 3명이 대신의 직무를 수행하는 곳
이 레이너 공국이었다. 가논을 비롯한 흑마법사들까지 더한

다면 중요 요직에 고위 마법사들이 5명이나 참여하고 있는 셈이었다.

"레이너 공국의 공왕 전하를 뵈오이다."

"어서 오세요, 페드로이아 공작!"

제국의 공작이기에 공왕인 이안과 동급이라고 해야 할 위치였다. 단지 왕이라고 불리는 이안이기에 페드로이아 공작이 조금 조심스러운 행동거지를 보일 뿐이었다.

"그간 잘 지내셨소이까? 공국이 개국한 이래 여러 번 찾아오기를 갈망했으나 시기가 맞지 않아 이제야 찾아뵙소이다."

"하하하! 옛 인연이 이렇게 계속 이어지니 정말 기쁘군요. 공작이 되신 것을 감축드립니다."

"허허허! 감사하오이다."

페드로이아 공작의 인사에 이안은 슬슬 본론으로 넘어가기를 바랐다. 쓸모없는 심력을 소모하는 이런 자리가 별로 탐탁지 않았던 것이다.

"인사는 이 정도면 된 거 같고… 본론으로 넘어갔으면 좋겠습니다."

"허허허! 그럴까요, 그럼?"

"그게 낫지 싶습니다만."

"알겠습니다. 대로크 제국의 황제 폐하께서 전하라고 명하신 국서입니다."

품에서 황금빛 수실로 묶은 양피지를 꺼내 들었다. 보좌의 아래쪽에 도열해 있던 제니스 단장이 걸어가 국서를 받아 들고 이안에게 건넸다.

"흐음……."

양피지를 묶은 수실을 풀고 인장을 찍는 촛농을 떼어낸 후 그 안에 적혀 있는 내용을 읽어 내렸다. 점점 입꼬리가 말려 올라가는 이안의 눈에는 은은한 노기가 어렸다.

"재미있군요. 이런 국서를 보낼 수 있는 것을 보면 말이지요."

"뭐가 그리 재미있다는 건지 알 수 있겠습니까?"

페드로이아 공작은 시치미를 뚝 떼고 물었다. 그 역시 특사로 파견되어 오기 전 황제로부터 명을 받았기에 국서의 내용을 잘 알고 있었다.

"이번 침입 사건을 일으킨 것으로 의심받는 나라가 로크 제국입니다. 그런데 마총을 수입하기를 원한다는 게 말이 된다고 여기십니까?"

"글쎄요. 의심은 의심일 뿐 확증된 것은 아니지요. 우리 로크 제국이 그런 일을 벌일 이유가 없지 않습니까? 최강대국으로서 그 어떤 나라와 겨뤄도 이겨낼 수 있는 나라가 우리 로크 제국이니 말입니다."

당당하게 로크 제국이라는 이름에 자부심을 드러내는 페

드로이아 공작의 발언에 모두가 인상을 찌푸렸다.

"훗! 뭐 그런다고 해둡시다. 하지만 마총의 수출은 불가능하니 이만 돌아가십시오."

"다시 생각해 보시지요. 마총이 듣기로 대단한 병기라고는 하지만 전쟁을 좌지우지할 병기는 아닐 테니 말입니다. 지금까지, 아니, 아직까지 전쟁은 기간트의 우위가 승패를 좌우하지요."

마총은 개인 병기로는 극강의 병기이지만 전쟁을 좌우하는 것은 기간트였다. 수천 대가 넘는 기간트를 보유한 로크 제국이 마음먹으면 레이너 공국쯤은 단숨에 밀어버릴 수 있다는 자신감에 찬 발언이었다.

"푸훗! 한번 그 기간트 믿고 전쟁을 벌여보시겠습니까? 어떤 결과가 나올지 말입니다."

"너무 자신하는 것은 아닙니까? 제국은 이 나라가 동원할 수 있는 병력의 50배는 능히 동원할 수 있다는 걸 명심하십시오."

무기가 아무리 우위라고 해도 병력의 절대적 약세는 이겨낼 수 없다는 것이 정설이었다. 사거리가 현저하게 딸리는 활이라지만 수십 배가 넘는 병력이 활로 공격하면 결국 전멸하는 것은 마총병일 것이었다. 10명 죽을 때 1명만 죽이면 승리하게 된다는 계산이었다.

"마총만 있다면 그렇겠지요. 그런데 과연 마총만 있을까

요? 기간트, 기간트 하시는데 그 기간트들을 무력화시키는 병기가 없을 거라 확신하십니까?'

너무도 자연스러운 말투와 행동거지에 위화감을 느낄 수도 없었다. 마치 모든 병기는 만들어졌고 너희들이 까불면 전장에서 확실하게 보여주겠다는 자신감이 넘쳐흘렀다. 페드로이아 공작은 그 말에 갑자기 자신감이 하락하기 시작했다. 기 싸움에서 기가 죽어가는 것은 곧 패배를 의미하는 것이 아니던가.

"아무리 강해도 한 손이 열 손을 당해낼 수는 없는 법입니다. 어지간하면 굽히는 것도 세상 사는 지혜일 겁니다."

"굽히고 싶은 생각은 추호도 없소. 특히 지난 공격의 배후로 의심하는 국가를 상대로는 더더욱!'

존칭도 생략해 가며 강하게 나오는 이안을 보며 페드로이아 공작은 고개를 살살 내저었다. 그의 양옆에는 보좌하는 자들로 보이는 두 사람이 있었는데 그들은 공작에게 곁눈질을 하며 조금 더 이야기를 하라는 신호를 보냈다.

"오늘은 너무 격앙되신 거 같으니 이 정도만 하도록 하지요. 심사숙고를 해주시기를 바라겠습니다."

"오늘은, 이라면 내일도 있다는 뜻입니까?'

조금은 진정됐는지 다시 존대를 하며 대답하는 이안에게 페드로이아 공작이 싱긋 웃으며 대답했다.

"하하! 외교라는 것은 될 때까지 해야 하는 거 아니겠습니까? 그러니 당연히 될 때까지 해야지요."

"이거야 원……."

이안은 페드로이아 공작의 넉살에 고개를 젓고 말았다. 저렇게 나오는 데다 특사의 신분도 가지고 있으니 내쫓는 것도 무리라 판단한 것이었다.

"그나저나 공왕 전하와의 옛 인연도 그렇고 차라도 한잔 나누며 살아가는 이야기를 할 수 있겠습니까?"

"독대를 하자는 겁니까?"

"아아! 국가 간의 이야기는 할 생각이 없습니다. 옛이야기도 좋고 지금 살아가는 이야기나 하자는 거지요."

"뭐 그 정도라면… 갑시다."

이안은 독대를 청하는 것이 조금은 의아했지만 다 이유가 있을 거라 생각했다. 특히 좌우에서 페드로이아 공작에게 신호를 주는 두 사람이 눈에 거슬린 것도 한 이유였다.

"이렇게 따로 보자는 것을 보니 뭔가 하실 이야기라도 있으셨나 봅니다."

"중요한 이야기를 하고자 합니다."

페드로이아 공작은 두 명의 감시자가 떨어져 나가자 예전에 보았던 부드러운 이미지를 드러냈다. 대전에서 자신감 넘치던 모습과 약간은 강압적이기까지 했던 모습은 어디에서도 찾을 수 없었다.

"무슨 문제가 있는 겁니까? 두 사람을 보니 공작님을 감시하는 모습이던데 말입니다."

"하아… 알아보셨군요. 맞습니다. 나를 감시하라고 대공이 붙인 감시자가."

"대공이요? 황제가 아니라?"

"대공입니다. 지금 황제는 거의 유폐된 상태로 보입니다."

유폐라는 말에 이안은 로크 제국에 변고가 생긴 것을 직감했다. 대공이라면 예전에 전쟁을 일으켰었던 크리스토퍼 대공일 것이고 그가 국정을 장악한 것이 분명했다.

"어찌된 겁니까? 대공이 국정을 장악한 것처럼 이야기를 하시니 조금 의아하군요."

"두 달 전부터 황제 폐하께서 갑자기 정신을 잃고 쓰러지는 일이 벌어졌습니다. 그 이후로 병상에 누워 계시고 대공이 대리청정을 하고 있습니다. 물론 외부에 알려지지 않도록 극비에 부쳐진 일입니다만."

"그런 일이… 있었군요. 이거 참……."

제국의 황제는 야심이 많은 인물이기는 해도 사리분별은 확실한 사람이라는 평이었다. 최강국의 황제로 군림하면서도 내치에 더욱 힘을 쏟으며 제국의 번영을 위해서 일했었다.

그런데 그런 황제가 병을 얻어 자리보전을 하고 대공이 대리청정을 한다니 느낌이 아주 안 좋았다.

"지금 제국은 내전이 벌어지기 직전입니다. 대공이 대리청정을 하면서 황제파의 귀족들을 숙청하는 중이라서 말이지요. 내가 공작이 된 것도 귀족파를 달래기 위해 그런 겁니다."

"그런데 그런 사실을 말해도 되는 겁니까? 작은 공국이지만 적국인데 말입니다."

"단순한 내전이라면 비밀로 해야겠지요. 하지만 대공의 배후에 버티고 있는 세력 때문입니다. 그들이 제국을 차지하면 안 된다는 판단을 했고 도움을 청하기 위해서 허심탄회하게 이야기를 하는 겁니다."

대공의 배후에 누군가가 있다는 말에 이안은 그 흑막의 정체를 떠올렸다. 마지막 드래곤이 내보낸 데스리치와 그들이 만든 세력일 것이었다.

"흑마법사들을 배척하지 않는 나라이기는 하지만 대공이 정권을 잡은 이래 황궁이 그들의 안방처럼 되어버렸습니다. 흑마법사들이 대공의 배후라는 뜻이지요."

"으음… 흑마법사들이라……."

의심이 확신이 되는 순간이었다. 이안의 눈빛이 달라지는 것을 보고 페드로이아 공작이 의자를 끌어당기며 바짝 다가왔다.

"황제파 귀족들이 더 이상 버티지 못하고 반기를 들면 우리 귀족파 역시 대공과 그 세력을 향해 검을 들 생각입니다. 군권을 장악한 대공과 맞서 싸우기 위해서 반드시 공왕 전하의 도움이 필요합니다. 도와주실 수 있겠습니까?"

페드로이아 공작의 말에 이안은 잠깐의 망설임도 없이 대답했다.

"어떻게 도와드리면 되겠습니까?"

"감사합니다. 이렇게 즉답을 주시리라고는 생각도 못 했는데……."

"대공이 황권을 장악하면 당장에 곤란에 처하는 것은 우리 공국입니다. 아마 그것은 체이스와 락토르도 마찬가지가 될 겁니다."

로크 제국의 힘만으로도 능히 세 나라와 싸울 수 있는 힘이 있었다. 그러니 내전이 벌어졌을 때 그곳을 전장으로 삼아서 싸우는 편이 다른 나라들 입장에서는 최선일 것이었다.

"내전이 벌어지게 되면 귀족파가 장악한 서부와 황제파였던 남부의 귀족들이 대공파와 맞서게 될 겁니다. 대공은 군대와 북부, 그리고 동부의 귀족들의 군세를 틀어쥐고 있으니 어려운 싸움이 되겠죠. 특히 기간트의 열세를 뒤집지 못하는 한 이기기 어렵습니다."

기간트는 아직까지 전장의 양상을 휘어잡는 병기였다. 그

러니 군권을 쥐고 있는 대공을 이겨내기란 여간 어려운 일이
아니었다.

"하여 기간트를 상대할 수 있는 무기의 지원이 시급합니
다. 우리 쪽도 기간트와 마동포를 모으고는 있지만 대놓고 할
수 없는 형편이라……."

"그건 그렇겠군요. 그런데 군대를 회유할 방법은 찾아보셨
습니까?"

제국군은 100만이 넘는 병력을 보유한 엄청난 상비군 집단
이었다. 그들의 일부라도 회유를 해야 내전에서 승리할 승산
이 올라갈 것이었다.

"서부 집단군의 군단장인 웨슬리안 후작은 오로지 황제 폐
하의 명령 외에는 듣지 않는 충직한 군인입니다. 황제 폐하께
서 쓰러지신 마당에 대공이 대리청정을 하고 있으니 그의 명
령을 따르는 것이 당연하다는 의지를 천명하더군요."

"으음… 만약 황제가 대공에 의해서 쓰러지고 유폐당한 것
이라면 그가 검 끝을 돌려세울까요?"

"증거가 확실하다면 그럴 겁니다. 황제를 구하기 위해서라
도 전 병력을 몰고 갈 사람이니까요."

그렇다면 어느 정도는 답이 나왔다. 황제를 빼돌려서 웨슬
리안 후작에게 맡기면 되는 것이니 말이다.

'황제가 정신을 차리지 못하는 것을 보면 흑마법사들의 짓

이 분명하다. 아직 40살도 안 된 황제가 갑자기 저렇게 될 이
유가 없으니까.'

황제를 구해서 흑마법사들이 한 무언가를 해소시킨다면
로크 제국은 아주 치열한 내전의 장으로 화할 것이 분명했다.
대공이 그대로 무너지지는 않을 것이고 흑마법사들이 지금까
지 쌓아놓은 전력을 모두 투사할 것이기 때문이었다.

"좋습니다. 황제를 구해보도록 하죠."

"황제 폐하를 구할 수 있겠습니까? 제국의 근위대와 흑마
법사들이 눈을 부라리고 있는 그곳에서?"

"후후! 가능합니다. 황제만 빼오는 거라면."

그 어떤 곳에도 침투해서 한 사람 빼오는 것은 얼마든지 해
낼 자신이 있었다. 특히 황성이 아무리 삼엄한 경계를 구축한
곳이라고 해도 말이다.

"그건 나에게 맡기고 지원은 어떻게 해주기를 바라는 겁니
까?"

"마동포를 탑재한 샤베른이 필요합니다. 적어도 200기 이
상은 있어야 하는데 가능하겠습니까?"

"휘유… 200기라…….."

신형 샤베른은 4문의 마동포를 탑재한 괴물이었다. 원거리
에서라면 동수의 적 기간트를 상대로 순식간에 전멸시킬 수
있는 능력을 갖추고 있었다.

"만약 내전이 벌어지게 된다면 지원군을 파병하겠습니다. 마총으로 무장한 병력과 샤베른 200기도 함께 말입니다."

이안은 무기를 내주는 것은 안 될 일이라 생각했다. 신형 샤베른과 그것을 지킬 병력까지 파병하는 것이 최선이었다.

"그렇게 해주시겠습니까? 그럼 정말 감사할 일이로군요. 하하하!"

페드로이아 공작은 서부 귀족군의 병력과 기간트에 레이너 공국의 지원군까지 더해진다면 이기지는 못해도 대공군에게 지지는 않을 거라 확신했다. 특히 마총으로 무장한 병력이 함께라면 방어전에서는 필승일 것이었다.

"그건 그렇게 하고… 감시자들에게 보여줄 것이 필요합니다. 이렇게 독대를 했는데 아무런 이야기도 없었다면 의심을 할 겁니다."

"딴은 그렇군요. 그건 이렇게 하기로 하지요."

"어떻게 말입니까?"

"마총을 공국군에 전량 배치하고 나면 순차적으로 수출하겠다고 하는 겁니다. 공작께서 간곡하게 부탁하여 그렇게 들어준다는 식으로 말이죠."

"하하! 그렇게만 해주신다면 감시자들도 의심하지 못할 겁니다. 정말 감사합니다, 공왕 전하!"

페드로이아 공작의 감사 인사에 이안은 그저 미소를 지으며 묘한 눈빛을 빛냈다.

"이게 뭡니까?"

이안은 특사라며 공간 이동 마법진을 통해 넘어 온 헬렌 공주를 맞이하고 있었다. 대면하는 자리에서 헬렌 공주가 건넨 국서에 적힌 내용에 기가 막혀 버렸다.

"국혼을 청하는 국서라고 들었습니다."

조금은 수줍어하는 헬렌 공주의 말에 이안은 국서를 찢어 버리고 싶었다. 아무리 나라가 어렵고 힘든 일이 가로막고 있더라도 누이를 볼모로 던지는 것에 우습기도 하고 화가 난 것이다.

"돌아가시오. 난 헬렌 공주를 받아들이지 않을 것이니."

"그럴 수는 없습니다… 만일 여기서 내쳐지면 돌아가도 죽습니다."

"지금 나를 협박하는 겁니까?"

"아니요. 사실을 말씀드리는 겁니다. 돌아가는 즉시 왕실 명부에서 이름이 삭제되고 죽게 된다고… 죽더라도 여기서 죽으라는 왕명을 받았습니다. 그러니……."

차마 말을 잇지 못하는 헬렌 공주를 보며 이안은 아레스 국왕이 노리는 바가 무엇인지 깨달았다.

'관례상 이렇게 보내지면 받아들이는 것이 관례이기는 하

다. 하지만… 너무 짜증 나는 것은 어쩔 수 없군.'

받아들이면 배우자가 없는 이안이기에 헬렌 공주가 자연스럽게 공왕비가 되게 되는 셈이었다. 독립을 했다고는 해도 락토르에서 나온 레이너 공국이니 자신을 제외한 모두가 원한다는 점도 문제였다.

'헬렌 공주를 받아들이면 아레스 그 개자식이 처남이 되는 건가? 이건 더 싫은데 말이지.'

아레스 같은 놈과 인척관계가 되는 것이 싫었지만 이렇게 대놓고 밀어붙이면 달리 거절한 방법이 없었다.

"흠흠! 그래도 모국이었던 락토르 왕국의 공주마마이시옵니다. 그러니 품격에도 어울리고 비어 있는 공국의 안주인으로도 적격이신 거 같사옵니다. 받아들이시옵소서!"

"받아들이시옵소서! 전하!"

대신들 가운데 락토르에서 데리고 온 사람들이 입을 모아 헬렌 공주를 받아들이라 간언했다. 무장들과 마법사 출신의 인사들은 이안의 심복들이기에 별다른 말을 하지는 않았지만 그들도 내심 반기는 듯한 눈빛이었다.

'이거야 원…….'

이안이 골치가 아프다는 듯이 머리를 매만질 때 헬렌 공주는 소매에서 작은 단검을 뽑아 들었다.

"어차피 죽을 거라면 이 자리에서 죽겠어요. 돌아가서 치욕을 당하느니. 이 자리에서……."

그렇게 말하며 단검을 쥔 손을 그 누가 말릴 사이도 없이 심장을 향해 찔렀다.

"이런!"

피릿! 피핏!

이안이 날린 기운이 헬렌 공주의 팔에 격중했다. 나직한 신음 소리를 흘리며 단검을 놓친 헬렌 공주는 처연한 눈으로 이안을 쳐다보았다.

"죽게 놔두세요. 어차피 돌아가면 더 비참하게 죽을 거예요. 그러니까 제발 부탁드려요."

저렇게 협박하고 나오니 이안도 더는 박정하게 굴 수는 없었다. 공왕비에 어울리는 여인이 헬렌 공주라는 것도 어느 정도 인정해야 할 부분이었다.

'만약의 상황이라면… 헬렌 공주의 상징성이 필요할 수도 있겠지. 그런 일이 안 오기를 바란다만.'

헬렌 공주는 지금 상황에서 락토르의 왕위 계승 서열의 최상위에 존재했다. 아레스 국왕이 아직 결혼도 하지 않았고 자식도 없으니 계승 서열 1위가 헬렌 공주였다.

'일단… 받아들이자.'

이안은 헬렌 공주에 대한 애정 따위는 생각하지 않고 공국과 가문을 위한 결정을 내렸다.

"받아들이지. 그러니 죽는다는 소리는 그만하시오."

"흐윽… 감사합니다… 감사……."

"되었고 오늘은 그만 물러가서 쉬도록 하시오. 공주님을 모셔라!"

"네, 전하!"

제니스 단장이 직접 나서서 헬렌 공주를 모셔갔다. 그녀가 나갈 때 뒤늦게 달려온 비어홀트 명예 공작은 이안이 내린 결정에 쌍수를 들어 환영했다. 공국의 공왕이기 이전에 락토르의 귀족이었던 이안이 헬렌 공주를 배필로 받아들이게 된 것을 영광이라 여기는 것이었다.

후웅! 스윗! 휘류륫!

어둠의 기운이 넘실거리는 공간에 검은 로브를 걸친 자들이 공간을 가르며 등장했다. 그들은 서로에게 짧은 목례를 한 후 각자의 자리에 가서 앉았다.

─모두 모였는가?

"네, 모두 모였습니다. 마스터!"

"마스터를 뵈옵니다."

모인 자들의 인사를 받는 이는 어둠의 기운으로 뭉쳐진 존재였다. 실체가 아닌 마력으로 만들어낸 허상이었지만 모두는 경의를 표하며 깍듯하게 인사했다.

―보고하라!

"먼저 제가 보고를 올리겠습니다."

―북방의 일은 모두 완료된 모양이로군,

"그렇습니다. 다행이 북방의 오크 부족들을 통일할 수 있었습니다. 총 400만의 군세가 언제라도 출병할 수 있습니다. 마스터!"

―그래, 수고가 많았다. 다음은…….

"남방의 준비도 마쳤습니다, 마스터!"

―남방도 말이냐? 호오! 기대치 않았건만 수고가 많았다.

"남방의 리자드맨들도 언제든 출병이 가능합니다. 총 150만의 대군입니다."

계속해서 이어지는 보고는 어마어마한 숫자의 이종족이 통일되었고 전쟁 준비가 끝났다는 보고였다. 동료들의 보고를 들으며 일을 아직 끝마치지 못한 카데인은 아르칸의 허상을 보고 고개를 숙였다.

―카데인은 아직인가?

"송구합니다, 마스터!"

―어느 정도나 진행이 된 거지?

"대공을 꼭두각시로 삼아서 황권을 쥐는 것은 성공했습니다. 이제 반대하는 인간들만 처리하면 모든 준비가 끝납니다."

반대파를 숙청하는 일이 가장 어려운 일이라는 것은 모두

가 아는 사실이었다. 죽이려고 하는 것을 알면 누구나 필사적
으로 저항을 할 것이기 때문이었다.

―좀 더 분발하도록 하라.

"네, 마스터!"

카데인의 말에 아르칸은 모든 보고가 끝났다 여기고 그만
회의를 마치려 했다. 그런데 처음 보고를 했던 북방의 대리
자, 칸툰이 입을 열었다.

"마스터, 드릴 보고가 또 있습니다."

―그래? 말해보라.

"먼저 이것을 보십시오."

후웅! 휘류류류류!

칸툰이 손짓하자 어둠의 마력이 움직이며 허공중에 마법
영상이 활성화됐다. 영상은 마총으로 블랙오크들을 괴멸시
키는 것이 담겨 있었다.

―으음… 저 병기는 도대체 무엇인가?

"레이너 공국이 만든 병기입니다. 마총이라고 부른다고 들
었습니다."

―마총… 마총이라… 대단한 병기로군.

"저런 병기로 무장한 병력이 20만만 있으면 오크들이 아무
리 많아도 승산이 없다는 것이 제 판단입니다."

―그렇겠어. 참으로 대단한 병기가 아니더냐. 클클클!

아르칸의 눈에는 우스워 보일 수 있는 마총이었다. 궁극의 경지에 들어선 데스리치 킹인 그에게는 전혀 위협이 되지 않는 무기일 것이니 말이다. 하지만 오크들이나 리자드맨 같은 이종족 병력들에게는 재앙이 될 수도 있었다.

─어떻게 하는 것이 좋겠나?

"이제 막 개발이 끝난 것으로 보고를 받았습니다. 그러니 아직 많이 생산하지는 못했을 것이라 생각합니다. 지금 당장에라도 거병을 해야 합니다."

─지금 거병을 하자?

"그렇습니다, 마스터!"

자신들이 노리는 바는 몬스터 군단과 인간들의 공멸이었다. 신은 믿는 인간들이 없으면 그 힘을 잃어버리게 된다. 자신들을 이곳으로 보낸 주인을 제거하려고 하는 신들이 힘을 잃게 만드는 것이 이들이 노리는 바였다.

"마스터! 아직 로크 제국의 일이 마무리되지 않았습니다. 조금만 시간을 주시면 바로……."

─아니! 내가 생각해도 그때는 너무 늦을 거 같구나. 인간들이 저 무기로 무장하게 되면 공멸이 아니라 몬스터 군단만 잃게 될 게야.

아르칸의 말에 데카인은 고개를 숙였다. 자신만 임무를 완수하지 못했기에 좌불안석이 되어버렸다.

―칸톤! 라이칸!

"네, 마스터!"

"하명하십시오, 마스터!"

두 데스리치는 힘이 넘치는 목소리로 복명하며 고개를 숙였다.

―당장 군대를 일으켜라. 인간들의 땅을 모두 쓸어버리도록 하라.

"명을 받듭니다. 마스터!"

"마스터의 뜻대로 될 것입니다. 크크!"

두 데스리치가 신이 나서 대답하자 아르칸의 허상은 고개를 끄덕이며 흡족해했다.

―데카인!

"말씀하십시오."

―너는 최대한 빠르게 로크 제국을 손에 넣도록 하라. 그다음 곧장 다른 인간들의 나라를 공격해야 한다. 알겠느냐?

"넵! 조속한 시간 안에 해결하겠습니다."

―그래. 그럼 전장에서 보자꾸나.

아르칸의 허상이 흩어지며 모습이 사라지자 데스리치들은 흉흉한 안광을 뿜어내며 사악한 웃음소리를 흘렸다. 그리고 그들은 서로가 장악한 지역으로 사라져 공멸지계의 완성을 위해 피의 검을 들 것이었다.

'마총을 그대로 넘겨줄 수는 없지. 암!'

이안은 헬렌 공주를 받아들이기로 결정한 이후 곧장 자신의 연구실로 직행했다. 마총을 다운그레이드하기로 작정하고 그것을 위한 연구에 돌입한 것이었다.

'끄응… 다운그레이드를 하는 것이 생각보다 어렵네.'

최선을 다해서 만들어낸 마총이었기에 그것을 다운그레이드하는 것이 그리 쉬운 일만은 아니었다.

'차라리 더욱 성능을 높이는 방법으로 가야 할까? 그게 더 쉬우려나?'

수만 가지 생각이 머릿속에서 뛰어놀기 시작했다. 어떻게 해야 할지 갈피를 잡지 못하고 속절없이 시간이 흘러갔다.

'잠깐… 강한성… 그 이계인의 기억 속에 있는 그 총들의 특성이… 아! 그런 방법이 있었구나!'

이안은 이계인의 기억을 더듬어 마총을 더욱 업그레이드할 수 있는 방법을 떠올렸다. 캐트리지와 강선을 파는 것으로 연사 속도와 파괴력을 더욱 증가시킬 수 있는 방법이었다.

'마법진을 탄창 회전식으로 해서 속도를 올리고… 총신에 강선을 넣어서 회전력을 갖게 만들면……'

떠오르는 생각을 그대로 설계도면으로 옮기며 미친 듯이 새로운 마총을 완성해 나갔다. 완성이 되면 그것의 문제점을 다시 한 번 생각하고 보완하는 식으로 밤을 꼴딱 넘기고서 새로운 마총의 설계도를 완성할 수 있었다.

"크크! 이 정도면 기존의 마총을 넘겨준다고 해도 문제는 없겠어. 다시 봐도 좋군, 아주 좋아."

흡족한 웃음을 터뜨리며 설계도면을 확인하는 이안은 자신의 연구실로 접근하는 기척을 느꼈다.

'응? 누구지?'

자신의 연구실은 그 누구의 접근도 불허하는 중지 중의 중지였다. 안에 있는 마법진과 설계도 등이 분실되면 세상이 발칵 뒤집어질 것이니 말이다.

똑똑!

'로이건 후작이로군. 무슨 일이 있나?'

노크를 한 사람이 로이건 후작이라는 것에 이안은 설계도를 곱게 말아 쥐며 문에 걸린 록을 해제했다.

"캔슬! 들어오시오."

"전하, 이러고 계실 때가 아니옵니다."

"무슨 일이라도 난 것이오?"

이안은 잰걸음으로 뛰어들어 온 로이건 후작의 얼굴에 다급한 기색이 잔뜩 어린 것에 놀랐다. 마도사의 반열에 오른 이래 로이건 후작이 저런 모습을 보인 적은 단 한 번도 없었다.

"샐리 국장이 대전에서 기다리고 있는데 난리가 났다는 거 같았사옵니다."

"샐리 국장이? 흠! 어서 가봅시다."

"네, 전하!"

로이건 후작과 함께 대전으로 달려가던 이안은 무슨 일이 벌어졌을지 생각해 보았다. 얼마 전 돌아간 페드로이아 공작이 말한 로크 제국의 내전이 제일 먼저 떠올랐다. 하지만 아직 준비가 끝나지 않은 귀족파들이 대공에 맞서서 싸움을 벌이지는 않았을 것 같았다.

"공왕 전하 드십니다!"

시종장이 대전 안에서 기다리고 있는 사람들에게 이안의 입장을 알렸다. 샐리와 이야기를 나누며 호들갑을 떨던 대신들이 모두 입을 다물고 고개를 숙였다.

"공왕 전하를 뵈옵니다."

"모두 고개를 드시오."

"전하! 큰일 났습니다. 아주 큰일이 났다고요."

샐리 국장의 말에 이안은 손을 들어 그녀를 진정시켰다. 하얗게 질린 얼굴을 보면 사달이 나도 단단히 났다는 것을 느꼈지만 급하게 굴수록 실수만 늘 뿐이었다.

"진정해. 당장 이 나라가 망하는 일만 아니라면 말이야."

"그거야… 하아… 그건 그러네요. 아직은 다른 나라들 이야기니까요."

"다른 나라 이야기라… 차근차근 이야기를 해봐."

"네, 그렇게 할게요. 지금 체이스 제국이 블랙오크가 주축이 된 몬스터 군단의 공격을 받고 있습니다."

"블랙오크? 그 정도로 체이스 제국이 망하지는 않아. 그리고?"

"리만 왕국은 리자드맨들의 공격을 받고 있고요."

"리만 왕국까지? 이건……."

이안의 뇌리를 스치는 생각은 오직 한 가지였다. 데스리치들이 드디어 일을 벌였다는 것이었다. 그리고 이 상황은 오직 한 가지 사실만을 기반으로 했다.

'모든 준비가 끝났으니 끝장을 보자는 건가? 이런… 아직 우린 준비가 안 됐는데.'

시간이 부족해도 너무 부족했다. 두 나라가 버텨주지 못한다면 준비를 채 마치지도 못한 채 싸움을 해야 할 판이었다.

'황제… 황제를 구해야겠어.'

방법은 오직 한 가지였다. 로크 제국의 황제를 구해서 시간을 버는 방법뿐이었다.

6장

몬스터 대란

체이스 제국은 동부에 로크 제국과 국경을 맞대고 있고 남부로는 락토르 왕국과 국경이 닿아 있다. 그래서 동부군과 남부군이 가장 강력한 군세와 장비를 갖추었다. 일 년의 절반을 강추위와 싸워야 하는 북부군은 상대적으로 장비도 열악했고 병력의 수도 다른 집단군에 비해서 절반 정도밖에 되지 않았다.

"후우… 모두 이번 대회전에 목숨을 걸어야 한다. 알겠는가!"

북부군의 군단장이자 변경백을 맡고 있는 다닐 후작의 침중한 말에 모두가 고개를 숙였다. 이미 10여 개의 요새와 성이 함락당하고 계속해서 후퇴를 거듭한 상황이었다.

"장군, 지원은 언제 온답니까? 이제 병력이라고 해봐야 고작 6만도 안 남았습니다."

절반에 가까운 병력을 잃고 북부 지역이 초토화되는데 걸린 시간이 고작 열흘 남짓에 불과했다. 아직 중앙에서는 대책 논의로 분주했고 지원군을 꾸리는 단계였다.

"중부군이 방어 준비를 완료할 때까지 버티라는 명령이 내려왔다. 지원군을 꾸린다고 하지만 언제 올지는 미지수야."

"그건 북부군을 버린다는 소리 아닙니까!"

"버리는 것이 아니다. 저 4백만이 넘는 오크들을 상대로 지원군을 보내는 것보다 버티기 위한 준비를 해야 한다는 것이 황제 폐하의 결정임을 왜 몰라!"

버리는 패가 아니라 그 누구라고 해도 생존을 걱정해야 할 초비상사태였다. 부하들을 다독이며 어떻게든 북부의 마지막 관문 요새인 랑거힐 요새를 사수해야 했다.

"차라리… 하아……."

차라리 다음 말을 잇지 못하는 부하를 보며 후작은 쓴웃음을 지었다. 항복이라도 하자는 말이었을 것이다. 그러나 오크에게 항복하는 것은 먹잇감이 되자는 말밖에 안 되는 것을 생각했으리라. 그러니 한숨만 내쉬며 필사적으로 항전하는 것이 최선이라는 것을 깨달았을 것이었다.

"철옹성이라고 불리는 랑거힐 요새다. 이곳이라면 능히 수십 배의 적들도 막아낼 수 있어. 마음 단단히 먹도록!"

"네, 장군!"

부하들을 다독이며 자신의 흔들리는 마음도 다잡은 다닐 후작은 저 멀리서 천천히 밀려오는 검은 물결을 쳐다보았다.

'많군… 지독히도 많아.'

랑거힐 요새로 밀려오고 있는 오크 군단은 총 8개로 나뉜 오크 군단 가운데 하나였다. 그렇다고 해도 50만에 달하는 어마어마한 병력이었다.

뿌웅! 뿌웅! 뿌우웅!

오크들의 선두에서 기다란 나팔을 불며 전투 의지를 북돋았다. 그 뒤에서 오와 열을 맞춰서 밀려드는 오크들은 랑거힐 요새를 공격하기 위해 서서히 속도를 올렸다.

"기간트 부대는 준비가 됐는가?"

"출전 준비를 마쳤습니다. 명령만 내려주시면 당장에라도 출격할 것입니다."

"좋아. 기간트 부대에게 이번 싸움의 운명이 달려 있다. 출전 명령을 하달하라!"

"추웅!"

후작의 명령이 떨어지자 요새의 앞에 이열 횡대로 도열한 채 대기하던 기간트 부대를 향해 우렁찬 외침이 토해졌다.

"기간트 부대, 출전하라! 출전!"

"우오오오오오오오!"

랑거힐 요새에서 공포와 싸우며 버티고 서 있는 병사들은 150대에 달하는 기간트 부대가 출전하는 것에 용기를 얻었다. 10미터가 넘는 강철 거인들이 일제히 기세를 올리며 나아가는 것을 보면 오크들도 단번에 쓸어낼 거 같다는 생각이 들었을 터였다.

─단번에 휩쓸어야 한다. 알겠는가!

지휘관의 단호한 외침에 라이더들은 긴장의 끈을 바짝 조였다. 이번 싸움에서 패한다면 북부 집단군은 전멸을 당할 것이고 황성이 있는 중부까지 그대로 오크들이 밀려들 것이다. 목숨이 달아나는 한이 있더라도 싸워서 오크들을 저지해야 하는 사명을 두 어깨에 짊어졌음에 이를 앙다물었다.

─돌격 대형으로!

─가자! 오크들을 죽이러!

라이더들은 과한 긴장을 해소하기 위해 하나둘씩 독백하듯 말을 내뱉었다. 하나같이 오크들 따위는 기간트의 상대가 안 된다는 식의 말들이었다.

빠앙! 빠아앙!

갑작스럽게 오크들의 진영이 갈라졌다. 그리고 그 사이로 나오는 것은 15미터가 넘는 길이를 지닌 몬스터였다. 생전 처음으로 보는 몬스터들 수백 마리가 등장하는 것에 라이더들은 아랫입술을 질겅질겅 깨물었다.

—동요하지 마라! 그래 봐야 몬스터야!

기간트를 상대하기 위해서 오크들이 동원했을 것으로 보이는 몬스터는 기다란 뿔로 무장한 채 쿵쾅거리며 빠르게 앞으로 나섰다.

—가자! 돌격하라!

—우오오오오오오!

라이더들은 공포를 이겨내며 앞으로 나아갔다. 점점 속도를 올리며 돌진해 나아가는 기간트들은 방패를 앞세운 채 긴기간틱 렌즈로 몬스터를 겨눴다.

"취익! 지금이다! 발사! 발사하라!"

—꾸워어어엉!

부웅! 부우웅! 휘익! 휘휙!

어느새 멈춰 선 몬스터들의 꼬리가 매섭게 휘둘러졌다. 그 꼬리에서 쏘아진 커다란 물체가 포물선을 그리며 기간트 부대를 향해 날아갔다.

—뭐, 뭐지. 막아!

—방패로 막아라! 방패로!

라이더들은 날아오는 물체를 막기 위해 방패를 높게 들어

올렸다.

퍼엉! 퍼펑! 촤아아악!

방패에 맞거나 바닥에 떨어진 물체는 너무도 어이없게 터지며 진녹색의 액체를 퍼뜨렸다. 기간트들은 그 액체에 맞았지만 그리 별다른 타격을 입지 않았다.

―뭐지? 왜 이런 걸……

―그대로 돌격해. 이상 없으면 된 거지.

아무런 타격도 입히지 못한 것에 안도하며 라이더들은 기간트를 몰아 더욱 속도를 올렸다. 점점 거리가 가까워지기 시작하자 몬스터들의 원거리 공격이 다시 한 번 이루어졌다.

퍼펑! 퍼퍼퍼퍼퍼펑!

두 번째 공격도 그대로 넘어간다고 생각했을 때 이상이 생겼다. 한 기의 기간트도 예외 없이 진녹색의 액체를 뒤집어쓴 상태였다. 액체를 가장 흠뻑 뒤집어쓴 기간트가 서서히 기동을 멈췄다.

―이, 이런! 조종이 안 됩니다.

―뭐, 뭐야? 왜 이런… 으아아!

―마나 코어에 이상이 생겼다. 탈출한다!

기간트가 멈추고 마나 코어에 이상 신호가 들어왔다. 그리고 시작된 재앙은 기간트들을 빠르게 잠식해 들어갔다.

―외, 외장이 녹는다. 사, 살려줘!

―탈출! 탈출하라!

기간트를 순식간에 부식해 가는 녹색의 액체로 인해 치익거리는 소음이 여기저기서 들렸다. 그리고 탈출도 하기 전, 녹색의 독무에 라이더들 역시 중독되어 죽음을 맞이했다.

"쉬이익! 인간들의 성을 공격하라! 공격!"

뿌웅! 뿌웅! 뿌웅! 뿌웅!

기간트를 모두 날려 버린 오크들은 돌격 신호를 나팔로 알렸다. 그리고 시작된 수십만에 달하는 오크들의 돌격은 거대한 파도가 되어 랑거힐 요새를 덮쳤다.

"으으… 어떻게 이런 일이……."

"장군! 기간트 부대가 전멸했습니다."

"나도 보았다. 나도 보았단 말이다!"

"어떻게 합니까? 이대로는 막을 수가 없습니다."

거대한 몬스터를 앞세운 채 밀려들어 오는 오크들의 공격에 지휘부는 패닉 상태에 빠져 버렸다. 너무도 허망하게 기간트 부대가 전멸해 버린 것이다. 오크들을 막는 최고의 병기라 생각했던 기간트가 채 몇 분도 안 돼서 녹아내리는 광경을 보니 전의 자체가 소멸되어 버렸다.

"퇴각은 없다! 여기서 죽는다고 생각하고 싸워라. 뭣들 하는가!"

"하지만 장군……."

"도망가면 살아남을 수 있을 거 같으냐? 기간트도 소용이 없는 적을 상대로?"

"크윽……."

생각해 보면 기간트가 무용지물인 상황에서 쪽수가 많고 강력한 힘을 가진 오크들에게 이길 가능성은 바닥을 기는 수준이었다. 지금 죽나 나중에 죽나 마찬가지라면 최후의 발악이라도 해야 한다는 생각이 지휘관들을 독하게 만들었다.

"싸우다 죽자. 그게 최선이다!"

"알겠습니다, 장군!"

지휘관들이 정신을 차리고 부하들을 독려하며 오크들과의 싸움에 돌입했다. 6만의 병사들은 모두 죽는다는 일념으로 치열하고 독기 어린 싸움을 벌이기 시작했다.

"마총의 생산량은 하루 몇 자루나 됩니까?"

아다만티움으로 코팅해서 만드는 총신 덕분에 마계의 광산에서 올라오는 물량은 바로바로 소진되고 있었다.

"드워프 장인들 3천 명이 잠도 잊어가며 만들고 있네. 하지만 하루 2천 자루 정도가 한계일세."

마법진을 새기는 일은 아무리 드워프라고 해도 하루 1개가 한계였다. 나머지는 거의 자동화가 이루어졌다고 할 정도의 공장 시스템을 통해서 대량생산이 가능했다.

"2천 자루라면… 생각보다 많이 만들어지네요."

"소문을 들으니 체이스 제국이 고전 중이라고 들었네. 그쪽이 무너지면 바로 이 땅인데 최선을 다해야지."

"들으셨나 보군요. 정보국에서 올라온 보고에 따르면 북부는 초토화되고 중부 방어선도 곧 허물어질 거라고 하더군요."

이안은 체이스 제국이 그렇게 쉽게 무너지지 않을 거라 생각했었다. 그런데 기간트를 무력화시키는 방법이 오크들에게 있다는 것을 듣고 사태의 심각성을 깨달았다.

'기간트가 무력화된 이상… 그 어떤 나라도 오크와 리자드맨들을 막을 수 없다.'

막을 수 있다고 하더라도 거의 공멸이라고 해야 할 때까지 모든 국력을 쏟아붓고 난 후일 것이었다. 지금 레이너 공국에서 만들고 있는 마총과 마동포를 장착한 샤베른, 그리고 비행기만이 유일하게 저 어마어마한 몬스터 군단과 맞상대를 할 수 있는 수단이었다.

"아 참! 포탄의 생산도 더 늘려주셔야 합니다. 오크들의 숫자가 400만이 넘는다고 하니 방법은 포탄으로 쓸어내는 것밖에 없을 듯합니다."

"포탄이라… 하긴 그렇겠구먼."

포탄에 들어가는 마법 스크롤의 생산은 마탑의 마법사들

이 과로사 직전까지 만들어냈다. 그나마 스크롤에 들어가는 마력은 아레나의 던전에서 충당하고 있어서 다행이었다. 그렇지 않았다면 며칠도 안 돼서 마법사들이 마력 고갈로 죽어나갔을 것이었다.

"이대로는 도저히 안 되겠네. 일할 인력을 증원해 주게."

드워프 장인들이 아무리 강철 체력을 지닌 존재라고 해도 잠도 안 자고 며칠이나 버티겠는가. 인력을 증원해 달라는 말에 이안은 더 이상 첩자가 섞여 들어오는 것을 신경 쓸 여력이 없다고 판단했다. 각국은, 아니, 락토르를 제외한 3국은 몬스터 군단과 내전의 위기에 처해 있었다. 그 나라들이 비밀을 빼간다고 해서 당장 만들어낼 수 없을 테니 첩자들이 무섭지 않았다.

"알겠습니다. 당장 포고령을 내려서 공장에 근무할 인원을 대대적으로 충원하도록 하죠."

"알겠네. 아! 손재주가 좋은 사람들은 따로 빼주게나. 마법진을 새기는 것을 가르쳐 볼 생각이니까 말이야."

"마법진이라면⋯ 인간들의 손재주로 가능하겠습니까?"

"자네가 만든 그 확대경이 있잖은가. 그걸 사용해서 새긴다면 가능하리라 생각하네."

미세한 조각이 가능해야 하지만 확대경으로 크기를 키워서 조각을 한다면 가능할 것도 같았다.

"그 문제는 아이언핸드 님께 맡기겠습니다."

"허허허! 걱정 말게. 확실하게 해낼 테니 말이야."

아이언핸드의 호언장담에 조금은 어깨의 짐이 가벼워지는 느낌이었다. 황제를 구하러 가기 전 모든 일들을 매조지하기 위해 동분서주하느라 쌓인 스트레스도 상당 부분 풀리는 것 같았다.

─마스터! 외부에서 마법 통신이 들어왔습니다.

"어디서 들어온 거야?"

─체이스 제국의 라펠러 공작입니다.

"라펠러 공작? 연락이 안 된다고 해."

라펠러 공작이 연락을 취한 것은 당연히 무기를 지원해 달라는 떼를 쓰기 위해서일 것이었다. 지난 구원을 아직 잊지 못하는 이안은 체이스 제국이 아주 호되게 혼이 나고 난 뒤에야 도움을 줄 생각을 하고 있었다. 멸망을 하게 된다면 당장 순망치한이라고 레이너 공국도 어려워지니 그것은 막아야 했다.

─중부 저지선이 뚫렸다고 합니다. 황성까지 사흘이면 오크 군단이 치고 들어올 거라고 전해 달라네요.

"뭐? 벌써?"

오크 군단이 아무리 대단하다고 해도 불과 12일 만에 북부 집단군이 괴멸당하고 중부 저지선마저 돌파당했다는 소리였다.

"제길… 아이언핸드 님!"

"응? 말하게."

"비행기는 몇 대나 만들어졌습니까?"

"지금 40대 정도 만들어졌네. 미리 연습을 시켜놓은 조종사들은 있지만 아직 훈련도가 떨어지니 그 점은 유의하게."

"알겠습니다. 훈련도는 떨어져도 상관없으니 걱정하지 않으셔도 됩니다."

"그래? 그럼 다행이고."

이안은 황제를 구하러 가기 전 체이스 제국의 황성 먼저 구해야 했다. 그리고 그것을 위해서 지금까지 만들어놓은 모든 힘을 투사할 생각이었다. 아주 화끈한 싸움, 아니, 학살전을 적들에게 보여줄 것이었다.

"오랜만입니다, 라펠러 공작님."

―아이고! 드디어 연락이 닿았습니다.

앓는 소리부터 하는 라펠러 공작의 어투에는 진심으로 다급하다는 느낌이 강하게 묻어 있었다. 똥줄이 탄다는 말이 어떤 것인지 수정구를 통해서 보이는 그의 얼굴에 고스란히 드러났다.

"오크 군단에게 중부 저지선이 무너졌다고 들었습니다만.

어떻게 된 겁니까?"

―파미돈이라는 대형 몬스터를 이용해서 커다란 가죽 주머니를 날리는 방법에 당했소이다.

"가죽 주머니에 당해요? 그게 무슨……."

―그 가죽 주머니에 기간트의 장갑을 녹여 버릴 정도의 극독이 들어 있었소. 1분도 버티지 못하고 강철 장갑이 부식되어 버리는…….

"아… 그런 일이……."

이안은 그런 극독을 만들어낸 것이 누구일지 짐작했다. 흑마법사들이 키메라 제조법을 토대로 해서 만들어낸 극독일 것이었다. 가죽 주머니는 그 극독을 이겨낼 수 있도록 특수한 마법적 처리를 했을 거라 생각했다.

―이대로 가다가는 사흘 안에 황성이 함락당하고 말 거 같소이다. 당장 황제 폐하의 몽진을 추진해야 한다는 말이 나오고 있고 말이지요.

"으음… 황제의 몽진은 조금……."

황제가 피한다는 것은 그거 하나로도 국격을 상실하는 일이었다. 그리고 백성들의 충성도를 급격하게 떨어뜨릴 것이고 말이다.

―물론 폐하께서는 결사항전을 주장하고 계시지만… 하아… 아무튼 오크들의 기세가 너무 거세서 며칠이나 버틸지

걱정이외다.

"흠! 이렇게 연락을 취하신 것을 보면 하실 말씀이 있으신 거 같은데 말씀을 해보십시오."

―아! 지원을 부탁하려고 하외다.

"지원이라면 어떤 것을 말씀하시는지?"

―마동포를 탑재한 샤베른과 마총을 지원해 주셨으면 합니다.

샤베른과 마총이 있다면 수성전으로 오크들에게 타격을 줄 수 있다고 생각하는 듯했다. 파미돈이 쏘는 독주머니는 샤베른으로 요격하고 오크들은 마총으로 상대한다는 계산일 것이었다.

"그건 어렵겠군요."

―공왕 전하! 지금 체이스 제국이 무너지면 그다음은 레이너 공국임을 모르시는 겁니까?

"압니다. 그러니 힘을 더욱 결집해서 방어에 만전을 기해야겠다는 생각입니다."

―허어… 답답하십니다, 정말!

"아아! 이 나라가 건국을 하게 된 것을 잊을 수가 없어서 말입니다. 그때 느꼈던 배신감은 정말이지……."

이안의 말에 라펠러 공작은 입이 두 개라도 할 말이 없었다. 자신의 선택으로 일어난 일이었고 그 뒤 레이너 공국이

한동안 버티기 위해서 전전긍긍했었던 것을 그도 잘 아는 까닭이었다.

─그 점은… 지금이라도 사죄하겠습니다. 그러니 제발 지원을 해주십시오.

라펠러 공작의 다급한 마음이 고스란히 담겨 있는 사죄였다. 황성이 사흘 안에 공격당할 처지에 처하자 굴욕이 아니라 목이라도 내어놓을 태세였다.

'흐음… 그 정도로 만족하기에는……'

인구도 적은 레이너 공국의 입장에서 땅은 더 넓어져도 고민인 상황이었다. 그러니 땅은 접어두고 나라에 이득이 되는 것이 무엇일지 잠깐 생각해 보았다.

'인구수를 늘려야 하는데… 농노들이나 노예를 달라고 해야겠군.'

돈은 이미 창고에 가득 쌓여 있는 상황이었다. 그러니 돈이나 땅보다 당장 필요한 노예들을 얻어내는 편이 최선이었다.

"좋습니다. 그렇게까지 사과를 하니 지원을 해드려야죠. 단! 그냥은 힘듭니다."

─끄응… 지금 북부가 초토화되어 엄청난 난민들이 중부로 밀려들고 있습니다. 대가로 내어놓을 만한 것이 사실상 없다시피 한 처지라……

"신병기로 개발한 비행기 40대를 모두 지원하겠습니다. 샤베른 100기도 같이. 아! 마총은 드릴 수는 없지만 마총병 1만을 파견해 드리겠습니다. 그 대가로 노예 10만 두를 주십시오. 귀족들이 조금씩 내어놓으면 그 정도는 어렵지 않을 거라 생각합니다만."

─10만 두씩이나… 허허히…….

10만 두를 돈으로 계산하면 작게 잡아도 5백만 골드에 달하는 막대한 금액이었다. 남자 노예는 가격이 낮은 편이지만 여자 노예는 그 배는 더 되는 금액이니 말이다. 레이너 공국이 무역수지를 맞추기 위해서 각국에서 노예를 대량을 사들인 적이 있었다. 그때도 각국은 인구를 불려주는 것을 막기 위해 상당한 제약을 가했었다. 가격을 두 배로 부르거나 인원수를 제한하는 등의 방법으로 막았던 것이었다.

"황성이 함락당하면 그 정도의 대가로는 어림도 없다는 것을 아시리라 생각합니다."

─으득… 알겠습니다. 그렇게 하지요. 대신 황성이 함락되기 전에 파병을 해주셔야겠습니다.

"물론 그렇게 해야지요. 이틀 후에 포탈 마법진을 통해서 바로 이동시키겠습니다. 아 참! 군비는 모두 체이스 제국 측에서 부담하는 것도 잊지 마십시오."

─하아… 좋습니다. 그럼 그렇게 알고 준비하도록 하겠습니다.

라펠러 공작은 나라가 망하면 그깟 노예가 대수겠냐는 생각으로 딜을 성사시켰다. 그리고 이안이 직접 와준다면 강력한 힘으로 전황을 뒤집을 수 있을 거라는 믿음도 깔려 있는 선택이었다.

체이스 제국의 황성에서 북쪽으로 50여 킬로미터가 떨어진 파다르 평원에 제국은 거의 모든 병력을 끌어모았다. 2개 집단군의 병력 40만에 귀족들이 이끌고 온 병력까지 합하여 총 60만에 이르는 병력이 집결했다.

"보고합니다. 오크 군단이 20㎞ 지점까지 접근했습니다."

"반나절이면 당도하겠군. 숫자는 얼마나 되는 거 같던가?"

체이스 제국을 침공한 오크 군단의 수는 400만에 달했다. 그중 북부를 분탕질하고 있는 절반이 빠진 나머지가 밀려 내려오는 중이었다. 그 보고를 받은 황제는 침중하게 굳은 눈빛으로 라펠러 공작에게 물었다.

"레이너 공국의 원군은 언제 온다던가?"

반나절이면 조우하게 될 오크 군단 때문에 입술이 부르틀 정도로 초조감에 시달렸다.

"정오에 포탈 마법진이 열릴 것이옵니다. 그러니 마음을 편히 하시옵소서."

"정오라… 오크들이 접근하고 있다고 하니 마음이 조급해지는구나."

황제는 아직 젊은 혈기 왕성한 30대 초반의 나이였다. 그럼에도 오크들의 기세가 워낙 거센 탓에 걱정으로 가슴이 새카맣게 타들어갔다. 하늘에 떠가는 태양을 보며 시간이 어서 정오가 되기를 바랐다. 그렇게 시간은 흘러갔고 마침내 약속한 정오가 되었다.

후웅! 휘류류류류류룻!

포탈 마법진이 열리고 푸른 마나가 요동치며 공간의 문을 만들어냈다. 그리고 그 문을 통과하여 나오는 사람은 하얀 로브를 걸친 중년의 마법사였다.

"저자는 누구인가?"

"로이건 후작이옵니다, 폐하!"

"로이건 후작이라면… 아! 그 레이너 공국의 마탑주라고 했던가?"

"그렇사옵니다. 7서클을 이룬 마도사이옵니다."

7서클의 마도사가 그리 흔한 것도 아니고 체이스 제국에서도 고작해야 한 손으로 꼽을 정도였다. 그런 존재가 제일 먼저 포탈 마법진을 통해서 왔다는 것에 황제는 조금이지만 마음이 놓였다.

"인사는 나중에 하지요. 지금은 일이 좀 급해서 말입니다."

양해의 말을 남기고 로이건 후작은 공간의 문이 열린 곳에서 조금 떨어진 곳으로 가서 커다란 원형 마법진을 깔았다. 총 5개의 마법진이 깔리자 재빨리 그 마법진을 활성화시켰다.

후웅! 웅! 웅! 휘류류류류룽!

처음 포탈 마법진이 열렸을 때와는 비교도 할 수 없는 강력한 마나의 유동이 일어났다. 그리고 열리는 공간의 문은 처음의 것보다 족히 5배는 더 컸다.

"헉! 저, 저건……."

"대단하다. 어떻게 저런 마법진이 있을 수가……."

체이스 제국의 마법사들은 혀를 내두르며 마법진을 살피기 위해 혈안이 되어버렸다. 자신들로서는 상상도 하지 못한 마법이 펼쳐진 것이었다.

"시간이 얼마 없습니다. 공간 확보를 부탁합니다!"

"아! 알겠습니다."

황제가 지켜보는 것도 잊은 채 근위 기사들이 움직여 공간 확보를 위해 빠르게 움직였다. 그리고 시작된 지원군의 이동은 질서정연하게 이루어졌다.

"오! 저것이 그 비행기라는 것인가 보군."

"마치 거대한 콘돌처럼 생겼사옵니다, 폐하!"

"그러게 말이야. 뒤에 달린 이상한 것만 아니라면 새라고 해도 믿겠어."

비행기가 제일 먼저 공간의 문을 통과하여 빠르게 빈 공간으로 이동했다. 모두 40대가 나왔고 그다음은 샤베른이었는데 모두 4개의 마동포를 탑재한 신형 샤베른이었다.

"오오! 저 압도적인 모습을 보게. 정말 마음이 든든해지는도다!"

황제는 신형 샤베른을 보며 걱정 따위는 한 방에 날려 버리는 기분을 느꼈다. 4개의 포신이 장착된 신형 샤베른이 모두 100여 기가 빠르게 공간의 문을 통과하여 나왔다. 그 샤베른들이 마동포로 포격을 가할 것을 생각하니 오크들이 아무리 대단해도 이겨낼 수 있다는 희망이 생겨났다.

"레이너 공국의 공왕 전하께서 오십니다!"

착착착착! 착착착착!

공간의 문 저편으로부터 심장을 두들기는 이상한 기음이 들렸다. 북소리와는 뭔가 다른 소리였지만 타악기로 내는 소리와 비슷한 그런 소리였다. 그래서 황제를 비롯한 체이스 제국의 귀족들은 새로운 악기를 두들기는 거라 생각했다.

"헛! 악기가 아니었단 말인가?"

황제는 깜짝 놀라고 말았다. 1만 명의 병력이 4열 종대로 걸어 나오는데 그들이 보이는 행동이 마치 한 사람이 움직이는 것 같았다. 타악기가 아닌 발자국 소리였고 만 명이 딱딱 맞춰서 내는 소리가 우레처럼 들려온 것이었다.

'대단하다. 어떻게 저런 모습을 보일 수 있다는 말인가…….'

황제는 레이너 공국의 병사들이 보이는 움직임에 마음을 빼앗겼다. 행렬하는 것 하나도 저렇게 멋있을 수가 있다는 것은 처음으로 느껴보는 놀라움이었다.

"체이스 제국의 태양이신 황제 폐하를 뵈옵니다."

"어서 오시오, 공왕!"

이전과는 비교도 할 수 없을 정도의 환대였다. 이안은 환하 미소를 지으며 황제에게 말했다.

"시간이 촉박한 듯하니 바로 전투 준비를 하도록 하겠습니다."

"그렇게 해주오. 내 이번 싸움만 이겨내면 공왕과 공국의 도움을 잊지 않을 것이오."

"하하! 염려 마십시오. 그럼 바로 움직이겠습니다."

이안이 꾸벅 인사하고 물러나 바로 전투 준비에 돌입했다. 평원 지대라고 해도 2백여 미터 정도 높이의 산이 양옆으로 있었고 그 사이에 본진을 배치한 구조였다. 지휘를 맡은 체이스 제국의 클리겔 공작의 구상대로 양쪽 산에 25기씩의 샤베른을 배치하고 중앙에 50기를 배치했다. 본진이 살짝 뒤로 물러선 형태라 오크들이 밀고 들어오면 집중된 화력으로 큰 타격을 가하려는 것이었다.

"토성을 쌓은 모양입니다."

"오크들이 몰려오는데 야전을 벌일 수는 없지 않겠습니까. 하여 그리 높지는 않지만 토성을 쌓았습니다."

얼마나 많은 인원을 동원했는지 눈에 보였다. 양 산을 잇는 3미터 높이의 토성이 좌우로 2km에 달하게 쌓여 있었으니 말이었다.

'이 정도라면 마총병들이 큰 위력을 발하겠군.'

마총의 위력이 아무리 대단해도 인해전술로 밀려오는 적들을 상대로 야전은 피해야 할 것이었다. 마총의 위력이 그 힘을 발휘하려면 이런 토성과 같은 방어벽이 필수적이었다.

"이 정도면 어느 정도 배치는 된 거 같고… 놈들이 오기 전에 한 방 먹여주는 것도 좋겠군요."

"오기 전에 말입니까? 어떻게 하시려고 하시는지……."

클리겔 공작은 200만에 달하는 오크들이 진군해 오는데 어떤 식으로 타격을 입히겠다는 것인지 감을 잡지 못했다. 그러자 이안은 본진 중앙에 대기 중인 비행기를 가리켰다.

"저 비행기로 타격을 가할 겁니다."

"저걸로 말입니까? 흐음……."

아무리 생각해도 감이 잡히지 않는지 클리겔 공작은 볼살을 긁적이며 고개를 갸웃거렸다.

"후후! 안 그래도 확인을 해줄 사람이 필요했는데 같이 가시겠습니까? 위험은 없을 겁니다."

"그, 그럴까요? 그럼 그럽시다."

클리겔 공작은 비행기라는 것에 대해서 보고만 받았지 실제 어떻게 움직이는 것인지도 모르고 있었다. 그러니 비행기를 이용해서 적에게 타격을 가한다는 것이 어떻게 이루어지는지 눈으로 확인하고 싶었다.

"가시죠."

이안이 휘적휘적 걸어가 비행기가 대기하고 있는 곳으로 이동했다. 대기하고 있던 조종사와 아공간 마법인 인챈트된 가방을 메고 있는 폭탄수들이 일제히 우렁찬 군례를 취했다.

"추웅!"

"모두 비행기에 탑승하도록!"

"며엉!"

후다닥 비행기에 오르는 조종사와 폭탄수들은 이안이 제일 선두의 기체에 오르자 마나 코어를 가동시켰다.

후웅! 위이이이이이잉!

마나 코어가 가동되자 프로펠러가 맹렬하게 회전하고 강한 풍압이 뒤쪽에 뿌연 흙먼지를 만들어냈다.

"이륙하라! 오크들에게 뜨거운 맛을 보여줄 것이다!"

"우오오오오오오!"

우렁찬 외침을 토해내며 비행기들이 수직으로 떠올랐다. 그리고 수십만의 병사들의 눈이 번쩍 뜨일 정도의 속도로 비행을 시작했다. 전쟁의 역사를 바꿀 신병기의 첫 출전이 이루어졌다.

7장

하루의 기적

클리겔 공작은 체이스 제국의 마스터로 로크 제국의 칼리엄 공작과 맞상대가 가능한 검호였다. 마스터 상급의 끝자락에 도달해서 곧 최상급으로 올라설 것이라 여겨졌다.

'엄청나군. 이런 속도감이라니… 허허!'

클리겔 공작은 비행기를 타고 날아가는 동안 평생 느껴보지 못했던 자유로움을 만끽했다. 떨어지면 어떻게 될까 하는 원초적인 공포도 잠시, 바람을 가르며 날아가는 그 자유로움에 눈이 번쩍 뜨였다.

우웅!

"마법 통신기에 귀를 기울이도록! 확인했으면 응답하기 바란다."

—2호기 확인!

—3호기 확인했습니다.

마법 통신기는 비행기를 위해 만든 것으로 서로 간에 의사소통을 하기 위해 필수적인 것이었다. 아직 시범적인 것이라 널리 보급되지는 않았지만 비행기에는 모두 탑재되어 있었다.

"마법 통신을 마법사 없이 할 수 있는 겁니까?"

클리겔 공작은 뜨악한 표정으로 물었다. 바람을 가르며 날아가는 바람에 풍압이 얼굴을 때려대는 터라 목청을 한껏 키워서 외치듯이 말했다.

"이번에 공국에서 개발한 마법 통신기입니다. 비행기는 공중에서 날아가는 것이라 통신을 하려면 필수적인 겁니다."

"아… 그렇겠군요."

기간트에도 비슷한 기능이 탑재되어 있지만 이안이 만든 것은 고작해야 주먹만 한 크기의 통신기였다. 에고 시스템의 도움을 받아서 기간트끼리 통신하는 것과는 천양지차였다.

'이번 전쟁이 아니더라도 레이너 공국은 꼭 혈맹으로 묶어야 할 나라다. 공왕에게서 아무런 느낌도 받을 수 없었다는 것을 생각하면 그의 힘은 나보다 더 강할 것이고.'

세상에서 세 손가락 안에 들어가는 무력을 지닌 클리겔 공작이었다. 그는 자신보다 강하다는 것을 어렴풋이 느끼고 있는 이안이 어쩌면 세상에서 가장 강한 인간일 거라 생각했다. 그런 존재가 거느리고 기상천외한 마병기를 쏟아내듯이 만들어내고 있는 나라가 레이너 공국이었다. 언제까지 공국에 머물 나라가 아니라고 생각하여 미래를 위해서는 혈맹으로 묶어두어야 한다고 판단했다. 그 길만이 체이스 제국이 생존할 수 있을 것이라 본능적으로 느낀 것이었다.

―전하, 전방에 오크들이 보입니다. 어떻게 할까요?

마법 통신기를 통해서 들리는 목소리에 이안과 클리겔 공작의 시선이 까마득한 지면으로 향했다. 전방의 지평선에 보이기 시작한 검은 물결은 거대한 해일처럼 지면을 장식하고 있었다.

"날개 대형으로 벌려라!"

―날개 대형으로! 전하를 기준으로 한다!

이안의 명령을 받아 2호기의 수석 조종사가 명령을 복창했다. 그러자 점점 대형을 벌리며 새의 날개가 펼쳐진 듯한 대형을 갖췄다.

"선두는 그대로 두고 후미부터 타격한다. 속도를 올려라!"

―가속합니다!

마나 코어의 출력을 최대치로 끌어올려 가속하자 순식간

에 오크들의 선두를 지나쳤다. 말이 200만이지 그 정도의 병력이 움직이는 것은 수십 킬로미터에 이르는 기나긴 행렬이었다. 빠르게 지나치며 채 몇 분도 되지 않아 마지막에 도달했다.

"선회하여 타격을 가한다. 공습을 시작하라!"

—며엉!

후웅! 휘잉! 휘이이이익!

비행기들이 유려한 선회 비행을 선보이며 방향을 바꿨다. 구름이 간간히 낀 곳을 돌파하여 고도를 낮추기 무섭게 부사수들이 아공간 가방에서 마법 포탄을 떨어뜨렸다.

"저게 무엇입니까?"

"들어보셨을 겁니다. 마법 포탄이라고."

"아… 그거였군요."

분주하게 손을 놀리며 떨어뜨리는 마법 포탄이 꼬리를 물듯이 지상으로 떨어져 내렸다. 아직까지 오크들은 하늘 위에 떠 있는 비행기의 존재를 발견하지 못했는지 평온한 행군을 지속했다.

휘익! 콰앙! 콰콰콰콰콰콰콰콰쾅!

지상에서 일어나는 굉렬한 폭음이 하늘 높은 곳에서 날아가는 비행기에까지 전해졌다.

"휘유… 엄청나군요."

마법 포탄이 폭발하며 일으키는 거센 화염이 지상을 온통 불바다로 만들었다. 검붉은 화염이 일어나 지상을 휩쓸어가고 고통에 울부짖는 오크들의 비명이 지옥도를 연상케 만들었다.

'이건 재앙이다… 재앙!'

클리겔 공작은 엄청나다는 말로 자신의 감정을 최소화했다. 지금 그가 느끼는 감정은 지옥도를 만들고 있는 포탄의 강력함보다 더 강하게 요동쳤다. 공포와 경이, 그리고 불안감과 희열이라는 도저히 한꺼번에 느낄 수 없을 것 같았던 그런 감정들이 소용돌이치듯이 요동쳤다.

─전하, 벌써 100발이 넘어갑니다. 계속 투하합니까?

아공간 가방 하나에 들어가는 포탄은 천여 발에 달했다. 5클래스의 파이어 스톰 마법 스크롤이 내장된 포탄으로, 가격을 따지면 수십 골드는 훨씬 넘어설 것들이었다. 그리고 공국의 고위 마법사들이 일 년 동안 과로사하기 직전까지 몰려가며 만들어낸 것이라 무작정 쓰는 것도 조종사들 입장에서는 간 떨리는 상황이었다.

"어차피 사용 대금은 체이스 제국에서 부담할 것이다. 아낌없이 쓰도록!"

─예, 아낌없이 쏟아붓겠습니다. 하하하!

체이스 제국에서 대금을 부담할 거라는 말에 조종사들은

씨익 웃으며 비행기를 조종했다. 그리고 뒷자리의 부사수들은 분주히 손을 놀리며 포탄을 투하해 나갔다.

쾅! 콰콰콰콰콰쾅! 화르르르륵!

온통 불바다로 변한 후미의 광경에 오크 군단을 이끄는 바라칸은 흥성을 터뜨렸다.

"취익! 이게 도대체… 취익! 어떻게 된 것인가! 취이이익!"

하늘에서 떨어져 내리는 커다란 쇠뭉치가 지면에 떨어지자마자 굉음을 내며 폭발했다. 그리고 이어지는 화염의 폭풍에 수십 마리가 넘는 오크들이 떼죽음을 당했다. 그리고 그 폭발은 점점 후미를 지나쳐 선두를 향해서 밀려들었다.

"취익! 저길 보십시오. 취익!"

바라칸은 부하의 손길을 따라 하늘을 쳐다보았다. 까마득히 높은 곳에서 날아오는 손바닥 크기의 무언가가 눈에 들어왔다. 저 정도의 높이라면 아마 실제 크기는 상당히 큰 물체일 것이었다.

"취익… 주술사들을 불러라! 취익! 저것을 잡아야 한다! 취익!"

바라칸은 너무 높은 곳에 떠 있는 비행기를 공격할 수단이 없음에 주술사를 찾았다. 다른 것은 거리가 안 닿는다고 해도 주술사들이라면 어떤 방법을 찾아낼 수 있을 것이었다.

"취익! 찾으셨습니까, 군장!"

일반적인 오크와는 지능이 한 차원 높은 블랙오크의 주술사는 바라칸을 보고 정중하게 예를 갖췄다. 강자가 지배하는 블랙오크인 탓에 연로한 주술사라고 해도 군장이 바라칸에게 복종하고 있었다.

"취익! 저걸 죽여라. 취익!"

"취익… 송구합니다. 취익… 방법이……."

아무리 대단한 주술사라고 해도 자신들의 주술이 미치는 범위 밖에서 이동하며 포탄을 떨어뜨리는 비행기를 공격할 수는 없었다.

"취익! 방법이 없나?"

"취익… 송구합니다."

바라칸은 방법이 없다는 주술사의 말에 발을 동동 굴렀다. 이대로 가다가는 싸워보기도 전에 전멸당하게 될 판이었다.

"취익! 하면 어떻게… 취익! 하는 것이 좋겠는가!"

"취익! 저 쇳덩어리가 떨어지며 폭발합니다. 취익! 그러니 거리를 넓히고 적들과… 취익! 싸움을 벌이는 것이 좋겠습니다."

주술사는 비행기에서 떨어져 내리는 마법 포탄을 회피하는 방법을 바라칸에게 고했다. 적들과 섞이게 되면 아군까지 죽일 수 있는 무기를 사용하지는 못한다는 것이었다.

"취익! 그 수밖에 없겠군. 취익! 울프라이더들에게… 취익! 돌격 명령을 내려라! 취이익!"

바라칸의 명령이 떨어지자 선두에 대기하던 나팔수들이 일제히 기다란 뿔나팔을 불었다.

빠아앙! 뿌우우웅! 빠앙!

기이한 신호음이 우렁우렁한 나팔 소리로 만들어졌다. 그 울림이 폭발음과 비명 소리로 가득했던 들판을 울리자 오크 라이더들이 일제히 치고 나가기 시작했다. 느릿하게 이동하던 물결이 해일처럼 빠르게 강력한 움직임으로 변해갔다.

"취익! 주술사들은 파미돈을 움직여라. 취익! 라이더들의 뒤를 받쳐줘야 한다. 취이익!"

파미돈은 인간들의 병기인 기간트를 무력화시킬 수 있는 유일한 수단이었다. 자신들을 지배하는 마스터가 하사한 그 독탄을 날려 보내는 수단이었고, 자체로도 강력한 전투 수단이 파미돈이었다.

"취익! 나를 따르라!"

주술사들이 파미돈에 올라탄 채 오크 라이더들의 뒤를 따랐다. 2천여 마리에 달하는'파미돈과 독탄 수레가 빠르게 이동하며 전투가 벌어질 곳으로 달려갔다.

둥! 두둥! 둥! 두둥!

고수들은 전방에서 새까맣게 밀려오는 어마어마한 숫자의 오크 라이더들을 발견하고 경고의 북소리를 울려댔다. 심장이 그 북소리에 맞춰서 요동치기 시작했고 병사들은 긴장과 공포로 치아가 딱딱 소리를 내며 부딪쳤다.

"전방에 오크 라이더들이 출현했사옵니다!"

황제는 높게 쌓아 올린 단 위의 의자에 앉은 채 그 보고를 들었다. 눈에 보이지도 않는 곳에서 울려대는 강렬한 폭발음과 악을 질러대는 소리가 들린 지 30분 정도 지난 시점의 보고였다.

"크으… 들판이 온통 오크들이로구나. 빌어먹을…….."

직접 눈으로 확인한 블랙오크들의 무서운 돌진에 황제는 욕지기를 터뜨렸다. 황소만 한 다이어울프를 타고 달려오는 오크 라이더들의 위용은 멀리서 보기에도 범상치 않은 위압감을 흘리고 있었다.

'과연 이겨낼 수 있을까? 하아…….'

겉으로는 안 무서운 척하고 있지만 수십만이 넘는 오크 라이더들의 돌진은 공포 그 자체였다. 하나 황제인 자신이 겁먹은 모습을 보인다면 부하들을 통제할 수 없었다. 용기를 내야 할 때가 지금이라는 것에 마음을 다잡고 자리에서 일어났다.

"겁먹을 필요 없다! 우리는 오늘 승리할 것이고 저 야만스러운 무리들을 도륙할 것이니라! 검을 들어라. 승리를 위하여!"

"우와아아아아아아아!"

황제의 음성이 마법사들의 마법을 통해 울려 퍼지자 병사들은 공포를 이겨내기 위해 목청이 터져라 외쳤다. 그 함성이 드넓은 평원을 가득 메울 때 첫 공격이 샤베른의 포격으로 시작됐다.

"포격을 가하라! 발포!"

"발포! 발포하라!"

이제는 장군의 계급장을 달고 있는 맥컬리의 명령이 떨어지자 샤베른 조종사들은 일제히 포탄을 날렸다.

파앙! 파파파파파파파파팡!

400여 발의 포탄이 일제히 마동포에서 발사되고 빛살처럼 뻗어나갔다. 거의 일직선으로 날아가는 은빛의 선들이 그대로 허공을 가르며 오크 라이더들에게 쏟아졌다.

콰앙! 콰콰콰콰콰콰콰쾅!

귀청을 찢어발기는 강력한 폭음이 들판을 뒤흔들었다. 그리고 시작된 포탄의 비산과 화염의 폭풍이 적의 전열을 그대로 휩쓸었다.

"와아아아아!"

"엄청나다. 엄청나!"

병사들은 마동포에서 쏟아진 포탄이 보이는 위력에 공포를 잊어버렸다. 저런 어마어마한 무기라면 자신들이 승리할 수 있을 거라는 마음이 생긴 것이었다.

"재장전! 재장전하라!"

"서둘러라. 포탄을!"

부사수들은 마동포의 약실을 열고 서둘러 포탄을 장전했다. 마력이 차오르는 동안 4개의 약실에 포탄을 채워 넣어야 했다.

"장전 완료!"

"좋았어. 발사각 수정! 발포한다!"

조종사는 부사수의 장전 완료 외침에 발사각을 조종하며 재차 포격에 나섰다. 화염을 뚫고 밀려오는 오크 라이더들을 향해 이차 포격이 시작됐다.

파팡! 파바바바바바바방!

삼면에서 집중되는 포격에 수천의 오크 라이더와 다이어 울프들이 폭사되어 쓰러졌다. 그러나 워낙 많은 수의 오크 라이더들이 달려드는 통에 그 물결은 끊어지지 않고 있었다.

"티모시! 준비해라!"

―흐흐! 걱정 마라. 여긴 이미 준비 완료했다.

"확실하게 본때를 보여줘."

―당연하지. 마총의 무서움을 이제 모두가 알게 될 거다.

맥컬리는 마총의 사거리 안으로 접어든 오크 라이더들에게 계속해서 마동포 포격을 가했다. 근접전이 벌어지게 되면 샤베른은 마동포가 아닌 기간트 병기를 들고 그 싸움에 끼어들게 될 것이었다.

"마총병대는 준비하라!"

"추웅!"

10열로 늘어선 마총병대는 지휘관인 티모시 준장의 외침에 사격 준비에 돌입했다. 오크 라이더들과의 거리는 1㎞ 남짓이었고 곧 사거리 안으로 적들이 들어설 것이었다.

'900⋯ 800⋯ 지금!'

티모시 준장은 거리를 재고 있다가 득달같이 외쳤다.

"1열 사격 개시!"

"머엉!"

빠방! 빠바바바바바바바방!

천 명의 마총병이 일제히 사격을 가했다. 그들이 쏘아낸 총탄은 그대로 적들에게 날아가 박혀들었다.

"이거야 대충 쏴도 맞는구먼."

너무도 많은 적들이 몰려오는 탓에 겨냥을 할 필요도 없었다. 그저 수평으로 놓고 발사하면 그대로 적 하나가 쓰러져 내렸다.

"1열 앉아! 2열 발사!"

"머엉!"

순차적으로 발사한 마총병은 자리에 앉아 총탄을 장전했

다. 뒷열도 마찬가지로 발사 후에 자리에 앉으며 그 뒤에 마총병이 발사할 수 있도록 했다.

"허어… 어, 엄청나군그래."

황제는 마총병들의 사격에 적들이 속절없이 쓰러지는 것을 보고 눈을 부릅떴다. 고작해야 1만의 마총병을 지원한다고 했을 때 품었던 서운함은 순식간에 사라지고 없었다.

"마법병단을 마총병대와 합류시키도록 하라. 그리고 기사단은 마총병대를 보호하도록! 어서!"

"예, 폐하!"

마총병은 전쟁을 승리로 이끌 확실한 힘이라고 느꼈다. 마총병들이 당하는 것은 절대적으로 막아야 한다는 판단에 황제는 근위 기사단까지 보내며 마총병의 보호에 나섰다. 그 판단은 확실한 보답으로 되돌아올 것이었다.

비두카는 오크 라이더들을 지휘하는 군장이었다. 오크 군단을 총지휘하는 대군장 바라칸 휘하의 여섯 군장 중 한 명으로 블레이드 마스터급의 강한 전사였다.

쎄에에엑! 티잉! 티캉!

눈에 보이지도 않는 무언가가 날아들 때마다 본능적으로 그것을 쳐냈다. 이글거리는 오러 블레이드가 아니었다면 벌써 그 이상한 무기에 당했을지도 몰랐다. 아닌 게 아니라 좌우에서 달리던 부하들이 계속해서 당하는 것에 성난 콧김을 내뿜었다.

"취익! 찢어 죽일… 크아아아!"

괴성을 지르며 분통을 터뜨리던 비두카는 자신의 동반자인 다이어울프를 재촉했다.

"취익! 조금만 힘을 내라! 취익!"

"취이이익!"

오크 라이더들은 벌써 엄청난 피해를 입은 채 돌파를 시도하고 있었다. 질풍처럼 내달렸지만 먼 거리에서 날아드는 정체불명의 병기에 벌써 수만 명의 사상자를 냈다. 그것에 더욱 열이 올라 미친 듯이 다이어울프를 몰아갔다.

"방패 들어!"

"우옷!"

차차차차차차착!

다이어울프를 몰아오는 오크 라이더들이 수많은 사상자를 내면서도 끝낸 돌파해 들어왔다. 전방에서 바짝 긴장한 채 대기하던 병사들은 방패를 들어 올리며 이를 앙다물었다. 여기서 패한다면 제국은 사라지게 될 것이고 후방에 남아 있는 가족들 역시 저 오크들의 먹이로 죽음을 맞이하게 될 뿐이었다. 자신들의 목숨이 사라진다고 해도 무조건 막아내야 한다. 그 일념 하나로 극한까지 몰아세우며 정신을 집중했다.

─크아아아앙!

─크르르르륵!

다이어울프들의 거친 포효 소리가 그런 병사들을 덮쳐갔다.

"투창!"

피피피피피피피피피핑!

수만 개의 투척용 창이 포물선을 그리며 빠르게 날아갔다. 방패수들에게 거의 다가온 오크 라이더들에게 마지막 피해를 주기 위해서였다.

콰앙! 콰직! 콰드드드드등!

다이어울프의 두꺼운 가죽은 일반 병사들의 공격으로는 그다지 큰 피해를 입히지 못했다. 그대로 뾰족하게 튀어나온 방어용 장창들을 뚫고 들어가며 병사들을 덮쳤다.

"힘을 내라! 절대 뚫려서는 안 된다!"

"죽어도 막아! 막아내야 한다!"

지휘관들은 피를 토하는 심정으로 막으라고 소리 질렀다. 병사들의 힘으로는 도저히 상대가 안 되는 다이어울프와 블랙오크의 조합을 목숨으로 막아서는 것이었다.

"취익! 씹어 먹어 주마!"

"취이익! 죽어랏!"

거친 살기가 묻어나오는 음성을 터뜨리며 블랙오크들은

거세게 병사들을 휩쓸어갔다. 가공할 돌진력에 이은 날이 바짝 선 공격력에 전방의 방패수들이 급격하게 허물어져 갔다.

"취익! 단숨에 돌파한다. 취익! 저 사악한 것들을 죽여야 해!"

비두카는 오러 블레이드를 사정없이 휘두르며 일도에 십여 명씩 갈라댔다. 그가 돌진해 들어가는 곳은 급격하게 무너져 내리며 길이 만들어졌다.

"막아라! 마총병대를 지켜야 한다!"

근위기사단이 동원되어 마총병대의 앞쪽에 방어 진형을 구축했다. 오크 라이더들이 밀고 들어오는 선두에 선 비두카의 강력한 오러 블레이드를 막아내기 위해 모두가 몸을 던질 기세였다.

"비키세요. 우리 앞을 막아줄 필요 없어요."

"그게 무슨 소립니까? 이제 곧 오크 라이더들이 밀려든단 말입니다!"

근위기사단의 부단장인 헬무크 백작의 짜증 섞인 외침에 사이한 기운이 실린 음성이 다시 들려왔다.

"당신들의 실력으로는 오히려 짐이 되니까 비키라고 했어요. 무슨 문제 있나요?"

"뭐요? 크윽……."

체이스 제국의 근위기사단이 짐이라는 소리를 듣는 처지

가 됐다는 것이 분통이 터졌다. 그러나 저들이 보여준 전투력은 가공한 것이었고 그런 말을 해도 어떻게 반박할 여지가 없었다.

"어서 비켜요. 어서!"

"크으… 알겠소. 나중에 후회하지 마시오. 비켜라!"

부단장은 이를 갈아붙이며 근위기사단을 물렸다. 중장보병들을 파죽지세로 밀어붙이며 내려오고 있는 오크 라이더들이 이제 곧 방어선을 뚫고 들어올 것이었다.

"멍청한 놈들 때문에 시간만 손해 봤어."

중장보병들이 갑자기 방패를 들어 올리며 마총을 쏠 수 있는 공간을 막아버린 것이 문제였다. 짧은 시간이었지만 적어도 마총 세 번씩은 사격을 가할 수 있는 시간이었다. 적어도 2만 이상의 적을 없애 버릴 수 있었는데 그걸 날려 버린 것이었다.

"전원! 착검하라!"

차착! 차차차차차차차찰캉!

마총병들이 일제히 50㎝ 길이의 대검을 마총에 장착했다. 맑고 청아한 소리가 연쇄적으로 들리며 2미터 남짓한 창으로 변신했다.

"뚫렸다. 모두 사격 개시!"

"죽어라!"

빠바바바바바바바바바방!

1열의 마총병들이 총탄을 날리고 연쇄적으로 파도타기 사격이 재개됐다. 불과 몇 초만에 파도타기가 끝나고 뚫고 들어와 마총병들을 향해 쇄도해 들어오던 오크 라이더들이 무더기로 쓰러져 내렸다.

"다이어울프다! 매직 바인더 쏴!"

낭랑하고 사이한 상반된 느낌의 음성이 지휘를 대신했다. 마총병대의 지휘를 맡아야 할 맥컬리 준장이 아닌 칼라가 지휘를 하고 있었다. 은색의 메탈 재질 스케일 메일이 아닌 검은 재질의 스케일 메일을 걸친 선두 2열의 마총병대가 그녀의 명령에 즉각 반응했다.

투퉁! 투투투투투퉁!

수천 마리의 다이어울프들이 주인을 잃은 상태에서 달려들었다. 이미 마총은 오크들을 죽이기 위해서 사용했고 재장전이 되기를 기다려야 했다. 그 짧은 순간의 공백을 매직 바인더를 무기 삼아 방어에 나섰다.

─쿠워어어엉!

─크륵… 크르르륵!

매직 바인더에 걸린 다이어울프들이 미친 듯이 괴성을 내질렀다. 털을 태우고 가죽까지 뚫고 들어가는 강렬한 스파크에 그대로 주저앉은 채 바닥을 나뒹굴었다.

"빠르게 공격한다. 공격!"

"으라라라라랏!"

검은 스케일 메일로 무장한 것은 다크엘프 전사들로, 인간 병사들이 할 수 없는 은밀하고 민첩한 움직임으로 다이어울프들을 공격했다. 순식간에 미끄러지듯이 밀고 나가서 2미터 길이의 착검한 마총으로 숨통을 끊어버렸다.

"취이익! 죽여주마!"

폭발적인 움직임을 선보이며 쓰러진 다이어울프를 박차고 날아오르는 비두카가 붉은 오러 블레이드를 쳐냈다. 십여 명의 다크엘프 전사들이 그 오러 블레이드에 맞고 사방으로 튀어 나갔다.

"크아아악!"

분노한 마스터의 극악한 도법이 사방으로 뻗어나가며 닥치는 대로 갈라냈다.

"이노옴!"

일족의 전사들이 죽어나가자 멀리서 달려온 칼라의 오러 블레이드가 비두카에게 날아들었다.

카앙! 카카카카캉!

순식간에 십여 합이 넘는 공방을 주고받으며 칼라와 비두카가 맞섰다.

"취익! 누구냐!"

"나는 칼라! 다크엘프의 대모이니라!"

"취이익! 다크엘프… 으득!"

비두카는 자신의 공격을 막아선 존재가 다크엘프라는 말에 이를 갈았다. 마총으로 수없이 많은 부하들을 죽인 것이 다크엘프라 생각하고 분노를 더욱 격발시켰다.

"취익! 일족의 복수다!"

"누가 할 소리!"

칼라와 비두카는 살기등등한 오러 블레이드를 줄기줄기 뿜어내며 서로를 죽이기 위해서 미친 듯이 칼춤을 추기 시작했다. 사방으로 뻗어나가는 오러의 파편으로 검고 붉은 기운이 폭죽처럼 터져 나갔다. 그러는 동안에도 다크엘프 전사들과 서포터의 위치에서 최선을 다하는 마총병대의 공격은 사정없이 오크들을 죽여 나갔다.

—꾸워어어어엉!

포효를 터뜨리며 쿵쾅거리며 달려온 파미돈 3천여 마리가 체이스 제국군의 방어선에 도착했다. 주술사들의 보호를 받으며 피해를 최소화한 파미돈들은 일제히 멈춰 서며 원거리 공격 준비에 들어갔다.

"취익! 독주머니를 날린다. 준비하라!"

대주술사의 명령에 주술사들과 오크 전사들은 빠르게 움

직이며 파미돈의 꼬리에 독주머니를 올렸다. 두꺼운 가죽 장갑과 얼굴을 가린 그들은 조심스럽게 독주머니를 날려 보낼 준비를 마쳤다.

"취이익! 일족의 복수를 할 시간이다. 쏴라!"

―꾸이이잉! 꾸이이이잉!

파미돈들은 주술사들의 의념이 전달되자 그대로 꼬리를 휘둘러 독주머니를 공중으로 날려 보냈다. 강력한 힘에 의해서 포물선을 그리며 날아가는 독주머니들이 오크 라이더들의 머리 위를 통과하여 그대로 체이스 제국군의 진형으로 뻗어 나갔다.

"독주머니를 요격하라! 요격!"

"발사! 일제사격으로 요격한다!"

마총병들과 체이스 제국의 궁병들은 살기 위해서 미친 듯이 사격을 가했다. 포물선을 그리며 날아드는 독주머니를 중간에서 막기 위해 필사적일 수밖에 없었다.

퍼엉! 촤아아아아아악!

독주머니를 중간에서 깨뜨린 것은 마총병들이 전부였다. 나머지는 화살을 맞은 채로 날아들어 병사들을 뒤덮어 버렸다.

"케엑!"

"끄르륵!"

독주머니가 터지고 방원 수십 미터를 뒤덮은 독무가 그대로 병사들을 혈수로 만들어 버렸다. 수천 개의 독주머니가 터지며 한 번에 어마어마한 사상자가 양산되자 방어 진형은 순식간에 허물어지기 시작했다.

"무, 물러서라! 진형을 물려라! 어서!"

"진형을 물려라! 진형을!"

지휘관들은 독무가 자리한 곳에서 물러서라고 외쳤다. 피해를 줄이기 위해서 어쩔 수 없이 진형을 물리는 병사들은 공포에 질려갔다. 저런 독으로 공격하는 것은 한번도 당해본 적 없었다. 독에 당한 전우들이 혈수가 되어 녹아버리는 광경은 살아도 평생의 트라우마로 남을 것이었다.

"폐, 폐하! 일단 물러나시는……."

"닥쳐라! 짐이 물러나면 이 전쟁은 해보나 마나임을 왜 모르는가!"

체이스 제국의 멸망이 걸린 싸움이었다. 이 싸움에서 물러나게 된다면 다시는 돌이킬 수 없을 것이었다.

"기간트를 출전시켜서 시간을 번다. 기간트를 출전시켜라. 어서!"

"하, 하오나……."

"짐의 명을 거역하려는가!"

"아니옵니다. 출전시키……."

출전시키겠다는 말을 하려는 순간 황제가 손을 들어 제지했다. 라펠러 공작은 그런 황제의 행동에 의아한 눈으로 주위를 두리번거렸다.

"저, 저길 보십시오."

"오오! 레이너 공왕입니다, 폐하!"

황제의 옆에서 침중한 눈빛을 흘리던 자들이 일제히 환호작약하는 모습이었다. 그 외침에 라펠러 공작은 뒤를 돌아섰다.

"레이너 공왕… 아!"

라펠러 공작의 눈에 들어온 것은 공중에서 둥실 뜬 채 거대한 화염의 구 2개를 만들어내고 있는 이안이었다.

"마나의 위대한 의지여…… 나의 대적을 불사를지어다! 헬파이어!"

더블 캐스팅으로 두 개의 헬파이어 구를 만들어 날리는 이안의 손길을 따라서 거대한 화염 덩어리가 지상으로 떨어져 내렸다. 푸른빛으로 이글거리는 그 화염구는 오크들의 머리 위로 떨어졌고 그대로 폭발하며 지옥의 불길을 지상에 강림시켰다.

콰아앙! 콰아아아아아앙!

방원 1킬로미터를 그대로 지옥도로 만들어 버린 헬파이어 마법에 의해 파미돈들이 그대로 폭사되어 버렸다. 그리고 미친 듯이 공격을 가하는 오크들의 움직임이 멈춰졌다.

"취익……."

"취익! 어, 어떻게……."

수만 마리의 동족들과 파미돈들을 폭사시켜 버린 가공할 마법의 힘 앞에 오크들은 전의를 상실했다. 그리고 공중에 뜬 채 자신들에게 손을 뻗는 이안의 모습에 경악하고 말았다.

"사악한 데스리치의 앞잡이들은 이 세상에 존재할 가치가 없다. 죽여주마!"

슈슈슈슈슈슈슈슈슈슈슈슈슉!

이안이 만들어낸 기검들이 무수히 늘어나며 쏘아져 나왔다. 수천 개로 불어난 그 기검들은 생명이라도 있는 것처럼 유기적인 움직임을 선보이며 오크들에게 날아갔다.

"케엑!"

"취이이이익!"

오크들을 꿰뚫으며 반으로 갈라놓은 기검들이 그대로 또 다른 표적을 향해 날아갔다. 가히 일인 군단이라고 해야 할 정도의 엄청난 무위를 선보인 이안은 비두카를 쓰러뜨리고 숨을 헐떡이고 있는 칼라의 앞에 내려섰다.

"마스터! 하아… 하아……."

"수고가 많았다."

칼라는 마스터의 칭찬 어린 말에 고개를 숙였다. 그가 자신

이 한 일의 수백 배는 더 많은 일을 했으니 오히려 부끄러움
이 앞섰다.

"제가 뭘요… 마스터께서 더 수고하셨지요. 하아……."

"후후! 아직 싸움이 끝나지 않았으니 더 열심히 하면 되는
거지. 힘내라고!"

"넵! 마스터!"

칼라는 군기가 바짝 든 모습을 보이며 심기일전하여 다시
적들을 향해 뛰쳐나갔다. 주인에게 어울리는 부하가 되기 위
한 칼라의 용감한 돌진이었다.

8장

발바닥에, 땀나도록

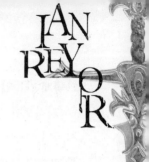

체이스 제국군을 휩쓴 독탄에 약간의 특이점이 있다는 것을 알게 되었다. 바로 단독으로 터져서는 아무런 독의 역할을 하지 못한다는 거였다. 검은색의 독주머니와 녹색의 독주머니가 터져서 두 가지가 합쳐졌을 때만 맹독으로서의 역할을 해낸다는 거였다.

'희한하군. 1분이 지나지 않아서 독이 사라지다니. 도대체 어떻게 된 건지 모르겠군.'

독이 1분간만 역할을 하고 분해되어 버리는 그 기현상에 이안은 고개를 갸웃거렸다. 그러나 이것을 만들어낸 이가 왜 그렇게 만들었는지는 알 것 같았다.

'기간트를 상대하기 위해서 만든 것이니 기간트만 무력화시키면 그만이라는 건가? 하긴… 공격하는 오크들에게 피해를 끼치면 안 되니 그런 거겠지.'

상당한 심력을 쏟아서 만들어냈을 것이라 추측했다. 그러나 그런 점이 오히려 지금은 엄청난 이점으로 다가왔다. 오크들의 2/3 가까운 병력이 쓰러졌고 이제 남은 숫자는 70만 정도였다. 아직도 엄청나게 많은 숫자였지만 이제는 기간트 부대를 동원해서 쓸어낼 수 있었다.

"기간트 부대를 출동시켜라! 오크들을 도륙할 것이다!"

황제는 기가 완연히 살아난 음성으로 기간트 부대의 출동을 명령했다. 그러자 둥둥 출전을 알리는 북소리가 들리고 2천여 대에 가까운 기간트들이 속속 전장에 나타났다. 그동안 오크들이 사용하는 독탄 덕분에 뒤에 빠져 있던 것을 만회하기라도 하려는 듯이 강렬한 진동음을 발산하며 빠르게 전속 기동으로 전장을 돌파했다.

"샤베른 부대도 출진한다. 나를 따르라!"

"우오오오오오!"

샤베른 부대는 이제 오크들을 공격하기 위해 나선 기간트 부대와 보조를 맞출 생각이었다. 원거리에서 마동포로 공격하고 뒤를 이어서 기간트들이 쓸어내는 작전이었다.

'이 정도만 해도 될 거 같군.'

예봉이 완전히 꺾인 오크 군단이 기간트 부대를 상대로 싸우기는 어려웠다. 아무리 대단한 전사라고 해도 일대일로 기간트를 상대해서 이길 수 있는 자는 마스터에 이른 자들이라야 했다. 그런 존재가 오크 군단에 수백 명씩 있는 것이 아니라면 기간트 부대의 압승일 것이었다.

"어서 오시오, 공왕!"

베르탄트 황제는 이안이 서서히 지면에 내려서자 모두의 만류를 뿌리치고 그에게 달려갔다. 이제 서른 언저리에 올라선 황제는 자신보다 훨씬 어린 이안의 손을 잡았다.

"고맙소. 그대 덕분에 이 나라가 회생할 기회를 얻었소."

"별말씀을 다하십니다. 당연히 해야 할 도리를 했을 뿐입니다."

겸손한 이안의 대꾸에 황제는 고개를 가로저었다.

"아니, 아니오. 공왕의 신위를 내 직접 두 눈으로 목격했음이오. 그대는 이 나라 체이스는 물론이고 이 대륙을 몬스터들의 손으로부터 구한 영웅 중의 영웅이오."

황제의 극찬에 이안은 빙그레 미소를 지었다. 영웅이라고 칭해주는데 굳이 아니라고 할 이유도 없었으니 말이다.

"극찬을 해주시니 감사할 따름입니다."

"그런데 아까 오크들을 도륙할 때 보니 그랜드마스터라는 말을 신하들이 하더구려. 혹 그랜드마스터에 오른 것이오?"

넌지시 묻는 그 말에 이안은 고개를 가로저었다. 혼돈의 힘을 얻고 깨달음을 얻기는 했지만 완벽한 그랜드마스터의 경지에 올라섰다고는 할 수 없었다. 기검을 사용하여 그랜드마스터 비슷한 흉내를 낼 수 있다고 해도 그것이 진정한 경지에 오른 것은 아니라는 생각을 하고 있었다.

"마스터의 경지는 넘어섰지만 그 경지에 오른 것인지는 저도 잘 모르겠습니다. 억지로 우기자면 그랜드마스터일 것이고… 뭐 그 정도라고 보시면 될 겁니다."

"아… 그렇구려."

억지로 우겨서 그랜드마스터라고 해도 그 경지를 이룬 이는 백 년 내에 존재하지 않았다. 그러니 이 세상에서 가장 강한 사람은 이안일 것이고 황제의 신분을 지닌 자신이라고 해도 경의를 표해야 할 것이었다.

"그렇다면 내가 말을 함부로 해서는 안 되겠구려. 아니지… 안 되겠습니다. 하하하!"

"후후! 그냥 편하게 대해주시면 그게 저로서는 더 좋겠습니다."

"그럴 수는 없지요. 갑시다. 나머지 싸움은 기간트 부대로 충분히 이겨낼 수 있을 것이니 말입니다."

황제의 말에 이안도 고개를 끄덕였다. 기간트 2천 대라면 아무리 오크들의 숫자가 많더라도 충분히 이겨낼 수 있는 싸움이었다. 거기에 마총병과 샤베른까지 있으니 말이다.

빠바바바바바바바방!

마총병들이 일제히 진군하며 총탄을 쏘아 보냈다. 아지랑이 같은 흐릿한 기운이 뿜어지고 달려오는 오크들은 그대로 뒤로 튕겨져 나갔다.

"취익! 싸워라! 취익!"

"취익! 위대한 오크의 투지를 불살라라! 취이익!"

오크들은 물러서지 않고 엄청난 투지를 앞세운 채 돌격해 들어왔다. 거리는 점점 좁혀지고 악에 받쳐서 휘두르는 투박한 블레이드가 마총병들을 노리고 날아들었다.

"조단위로 각개전투에 돌입한다. 무운을 빈다!"

맥컬리는 우렁우렁한 목소리로 명령을 하달하며 자신을 향해 달려드는 블랙오크를 향해 매서운 공격을 퍼부었다. 그와 함께 오각형의 진을 유지하는 이들은 유기적인 움직임을 선보이며 오크들을 맞아 싸웠다. 다른 이들도 자신들의 조원들과 함께 철저하게 정해진 전투법에 따랐다.

"바인더를 날려!"

"으랏차!"

투둥! 휘리릭! 파꽉!

후미 두 명이 매직 바인더를 날려서 돌진하는 오크들을 묶었다. 스파크가 튀며 개거품을 물고 쓰러지는 그들을 전방의 세 명이 날렵하게 단검을 장착한 마총으로 독하게 찔러댔다.

"케엑! 사, 살려……."

"크아악! 비겁한……."

오크들을 상대로 효과적인 전투법을 발휘하는 마총병들은 1명의 다크엘프 전사를 꼭짓점으로 삼아 유기적인 움직임을 선보였다. 그렇게 근접전에서 확실한 우위를 보이자 그들을 받치는 체이스 제국군 역시 기세를 올리며 승리를 위해 내달렸다.

"크라라라라! 내가 왔다! 모두 힘을 내라! 취이이익!"

바라칸은 친위대와 함께 전투에 참전했다. 비행기에서 떨어져 내리는 매직 폭탄 세례를 피해 잠시 후퇴했다가 악에 받쳐서 달려왔다.

─오크 라이더들이 살아남았다. 우선 저놈들부터 조진다. 가자!

─맡겨주십시오. 으랏!

기간트 라이더들은 2천여 마리의 다이어울프를 타고 달려오는 바라칸과 그 친위대를 발견하고 대응에 나섰다. 고속 기동으로 미친 듯이 치고 나가는 나이트급 기간트인 아르고를 모는 마르틴 백작은 예전보다 원활한 움직임을 선보였다.

―받아라! 내가 바로 마르틴 백작이다!

기간트 마스터로 올라선 마르틴 백작은 변종 다이어울프를 타고 달려오는 바라칸과 정면에서 충돌해 들어갔다.

부아앙! 콰드등!

아르고의 손에 들린 거검에서 뿜어져 나오는 오러 소드가 바라칸을 향해 격하게 휘둘러졌다.

"취이익! 너 따위는 그대로 부셔주마! 취익!"

바라칸은 2미터가 넘는 커다란 블레이드를 뽑아 들고서 그대로 다이어울프를 박차고 날아올랐다. 그가 날아오르자 다이어울프는 날랜 동작으로 마르틴 백작의 공격을 피해 옆으로 빠져나갔다.

"갈라져라! 취이익!"

바라칸의 블레이드에서 폭발하듯이 뿜어져 나온 오러 블레이드가 그대로 아르고의 심장을 향해서 뻗어나갔다.

―그 정도로는 나를 이길 수 없다! 차핫!

아르고의 동작은 쇄도해 들어가는 바라칸의 움직임에 손색이 없을 정도로 빠르고 강맹했다. 오러가 덧씌워진 방패가 바라칸의 움직임을 봉쇄하고 곧이어 거검이 사선으로 휘둘러졌다.

"크읏… 취이익!"

분노의 콧김을 내뿜으며 바라칸은 어떻게든 아르고를 파

괴하기 위해 광폭하게 움직였다. 오러를 있는대로 뿜어내며 잔상을 만들어낼 정도로 빠르고 파괴적인 움직임이 연속해서 이어졌다.

콰앙! 주루루룩!

방패에 얻어맞고 그대로 뒤로 튕겨진 바라칸은 거칠게 밀려 나갔다. 가까스로 오러 블레이드를 휘둘러 치명상은 피했지만 적잖은 내상을 입고 입가에 피가 흘러내렸다.

"끄륵… 씹어 먹을……."

바라칸은 여전히 독기 어린 시선으로 아르고를 노려보며 다시 블레이드를 고쳐 쥐었다. 어떻게든 적들에게 치명타를 가해서 죽어간 일족들의 복수를 하고자 하는 일념이 그를 지배했다.

―어리석은 오크 같으니.

마르틴 백작은 맨몸으로 자신을 상대하려고 하는 바라칸을 비웃었다. 아무리 마스터라고 해도 자신 역시 기간트 마스터였고 좁힐 수 없는 갭을 뛰어넘을 수는 없었다.

"취익! 대군장! 물러나야 합니다. 취익!"

"취익! 이대로 가다가는 전멸입니다. 물러나십시오!"

살아남은 주술사들은 마총병들의 활약에 남은 일족들마저 전멸로 치달아가자 후퇴하라고 외쳤다. 그러나 바라칸은 그런 주술사들의 말을 귓등으로 흘려버렸다.

"취익! 나는 싸우다 죽는다. 취이익!"

강인한 오크 전사로서 싸우다 죽는 것을 자랑으로 여기는 바라칸은 절대 물러날 생각이 없었다. 그런 대군장의 모습에 주술사들은 고개를 가로저었다. 바라칸의 친위대 역시 바라칸과 마찬가지의 모습을 보이며 용맹무쌍하게 기간트와 맨몸으로 부딪혀 산화하고 있었다.

"취익! 퇴각의 나팔을 불어라! 퇴각한다! 취이익!"

살아남은 주술사들 가운데 가장 연로해 보이는 블랙오크가 퇴각 명령을 내렸다. 그들은 바라칸을 버리고 본대로 퇴각하기로 결정했다. 어떻게든 일족을 최대한 많이 살려서 돌아가는 것이 나중의 싸움을 위하는 거라 판단한 것이었다.

빠앙! 빠앙! 빠아앙!

퇴각을 알리는 나팔 소리가 전장에 울려 퍼졌다. 바라칸은 마르틴 백작과의 싸움에 모든 것을 걸었는지 그 소리에도 미친 듯이 블레이드를 휘두르며 광폭한 싸움을 이어갔다.

"우와아아! 오크들이 물러난다!"

"이겼다! 우리가 이겼어!"

"체이스 제국 만세! 만세!"

병사들은 오크들이 뒤도 돌아보지 않고 도망치는 것에 병장기를 부딪치며 환호성을 울렸다. 발바닥에 땀나도록 도망가는 그들은 이제 겨우 20만도 남지 않은 숫자였다.

"수고가 많으셨습니다, 공왕!"

전멸을 각오하고 싸움에 임했던 베르탄트 황제는 너무도 손쉬운 승리를 안겨준 이안에게 진심으로 감사의 말을 전했다. 200만에 달하는 오크 군단이 겨우 1/10만 살아서 도주하는 모습을 보니 절로 드는 경의를 정중하게 표시하는 거였다.

"이제 한 번·승리한 겁니다. 남은 오크들이 여전히 많으니 마음을 다잡으셔야 할 겁니다."

"알고 있습니다. 아직은 완전히 승리한 것이 아니라는 것을."

베르탄트 역시 이안의 말에 동감을 표시했다. 여전히 제국의 북부는 오크들의 수중에 있었고 그들을 완전히 몰아내야 이번 전쟁에서 승리하는 것이니 말이다.

"그런데 혹시 알고 계십니까?"

"무엇을 말하는 겁니까?"

황제는 이안의 물음에 의아하다는 표정을 지으며 반문했다. 그러자 이안은 이번 오크들이 체이스 제국을 침공한 원인에 대해서 설명했다.

"이번 오크들의 침공에는 데스리치 킹이 관여된 겁니다."

데스리치 킹이라는 말에 베르탄트 황제의 눈이 경악으로 가득 찼다. 보통 아크리치라고 부르는 존재는 역사 속에 몇 번 등장했었다. 그리고 그때마다 세상은 엄청난 피해를 입으며 가까스로 물리쳤던 전례가 있었다. 그런데 이번에는 아크 리치의 또 다른 표현인 데스리치가 등장했다는 소리였다. 그 것도 킹이라는 수식어가 끝에 달라붙은 존재가 말이다.

"흑마법사가 스스로 데스리치가 됐고 그런 존재들이 이번 전쟁의 배후에 있습니다. 리만 왕국을 침공한 리자드맨들도 마찬가지입니다."

"으음… 그래서 저 엄청난 숫자가 모였던 것이었군. 으득!"

베르탄트는 데스리치 킹이라는 존재에 대해 강렬한 분노 를 터뜨렸다. 감히 자신이 다스리는 제국에 이빨을 드러낸 적 에 대해서 느끼는 분노는 하늘을 찌를 듯했다.

"우선 제국을 위협하는 놈들부터 처리합시다. 그다음… 제 국과 짐에게 이빨을 드러낸 놈들에게 징벌을 가해야겠습니 다. 그러니 공왕께서 도와주셨으면 합니다."

정중하게 도움을 청하는 베르탄트 황제에게 이안은 미소 띤 얼굴로 대답했다.

"물론입니다. 이번 싸움으로 확신할 수 있었습니다. 오크 들 정도는 가볍게 물리칠 수 있다는 것을."

여기 오기 전만 해도 이런 대규모 싸움은 오랜 시간이 걸릴 거라 생각했었다. 그래서 우선순위를 로크 제국의 황제를 구 출하는 것에 두고 있었다.

'하루도 안 걸려서 때려잡을 수 있다면 굳이 로크 제국의

황제를 구할 이유가 없지. 서로 공멸하도록 놔두면 그만이니까.'

로크 제국에 내전이 발발하여 서로 물고 뜯는다면 그만큼 자신의 싸움은 쉬워지게 될 것이었다. 그런 생각을 하자 로크 제국의 내전에 개입하는 것을 보류하고 체이스 제국의 오크들부터 때려잡는 것으로 가닥을 잡았다.

"바로 가시죠. 여기서 시간 낭비를 할 겨를이 없으니까 말입니다."

"그럽시다. 제국의 북부가 오크들의 수중에 있다는 것은 짐도 치욕으로 느끼고 있으니."

베르탄트 황제는 이안의 제안에 힘차게 고갯짓을 했다. 그리고 이렇게 강력한 힘을 지닌 존재와 공국과는 영원히 혈맹으로 남기를 바랐다.

'소피아 황녀를 불러와야겠군.'

자신의 동생이자 아직 시집을 가지 않은 체이스 제국의 3대 미녀 중 하나인 소피아 황녀라면 이안과 어울릴 거라 확신했다. 음흉한 미소를 지으며 이안과 나란히 걸어가는 황제의 머릿속이 빠르게 돌아가기 시작했다.

"준비는 끝났나?"

크리스토퍼 대공은 황좌에 앉은 채 물었다. 황제만이 앉을

수 있는 자리에 앉은 채 단 아래의 귀족들을 내리깔듯이 바라
보는 그에게 아무도 토를 달지 못했다. 고개를 숙인 채 눈도
제대로 마주치지 못했다.

"준비는 끝났느냐고 물었다!"

"대공 전하! 귀족파가 몰려 있는 서부 집단군은 황제 폐하
의 명령이 아니면 움직일 수 없다고……."

"뭐라! 지금 그걸 말이라고 하는 것인가!"

크리스토퍼 대공이 소리를 지르자 어쩔 수 없이 보고를 하
던 노귀족이 머리를 다시 조아렸다.

"대공 전하, 서부 집단군이 항명을 하는 것은 아니니 일단
중앙군을 움직여 서부와 남부를 공격하시는 것이 어떻겠습니
까?"

"훌리오 백작. 중앙군만으로 가능하겠나?"

"물론입니다. 중앙군은 2개 집단군을 능가하는 병력과 전
투력을 지니고 있습니다. 그러니 중앙군만으로도 충분히 서
부와 남부의 귀족들을 제압할 수 있을 겁니다."

"흐음……."

크리스토퍼 대공은 뭔가 아쉽다는 듯이 오묘한 표정을 지
으며 말했다.

"제압하는 걸로는 부족하다. 감히 황실에 반기를 든 자들
을 그저 제압하기만 한다면 언제고 다시 그렇게 반기를 들 것

이야. 아예 서부를 초토화시키도록."

"서부를 초토화시키라는 말씀이십니까? 그것은 절
대⋯⋯."

"닥쳐라! 황실에 반기를 들면 그 누구도 살아남을 수 없다
는 것을 확실하게 보여주어야 함이다. 알겠는가!"

"하지만… 하아… 알겠습니다."

귀족들은 크리스토퍼 대공의 일갈에 고개를 숙인 채 대답
했다. 서부를 초토화시키는 것은 곧 영지민들까지 모두 죽이
라는 뜻이었다. 그것을 실행해야 하는 귀족들의 입장에서는
정말이지 하기 싫은 명령이었다. 그럼에도 할 수밖에 없다는
것이 그들을 깊은 절망의 수렁으로 몰아넣었다.

"중앙군을 당장 출군하도록! 알겠나!"

"네, 대공 전하!"

중앙군은 언제라도 출군할 수 있는 준비가 되어 있는 상태
였다. 그러니 이 회의가 파하는 즉시 중앙군은 서부와 남부의
귀족들을 처리하기 위해 출군을 하게 될 것이었다.

"회의를 이만 마치겠다. 국방성장이 이번 일을 책임지고
완수하도록."

"네, 대공 전하!"

크리스토퍼 대공이 회의장을 나서자 흑마법사들 또한 그
뒤를 쫓아 나가 버렸다. 그제야 긴 한숨이 여지저기서 터져

나오고 쓸쓸한 독백이 그 뒤를 따랐다.

"하아… 답답하군요."

"후우! 어쩌다 이렇게 된 건지……."

귀족들은 서로를 바라보며 넋두리를 하듯이 신세 한탄을 해댔다. 크리스토퍼 대공의 힘 앞에 굴복하여 그를 지지하는 듯했지만 이들 역시 또 다른 피해자들이었다.

"어쩔 수 없지요. 우리가 살려면."

"그래서 더 답답한 겝니다. 에잇!"

귀족들은 분통을 터뜨리며 각자의 길로 뿔뿔이 흩어졌다. 그들이 회의장을 나서고 난 후 로크 제국의 황성에서는 중앙군의 출병이 이루어졌다. 무려 40만에 이르는 대병력이 둘로 나뉘어 귀족군을 제압하기 위해 남과 서로 향했다.

지잉! 지이잉!

마법 통신구가 은은한 진동을 일으키는 것에 이안은 마나를 불어넣었다.

─공왕! 대공이 군대를 일으켰습니다.

다짜고짜 대공이 군대를 일으켰다는 말에 이안은 누가 연락을 취한 것인지 알 수 있었다. 페드로이아 공작이었다.

"상황은 어떻습니까?"

─그나마 다행인 것은 서부 집단군이 중립을 지키기로 했

다는 겁니다. 중앙군 병력 25만이 서부로 출병했는데 중부의 대공파 귀족군까지 더해지면 30만은 족히 넘을 겁니다.

"30만이라… 서부 귀족군의 병력이 모두 합치면 얼마나 됩니까?"

서부 집단군이 중립을 지킨다면 방어만 치중할 경우 버티는 것은 가능할 것이었다.

─병력은 문제가 안 됩니다. 기간트와 마동포가 문제지요.

"그건 그렇겠지만 지금 공국이 처한 상황이 걸리는군요."

─체이스 제국 때문입니까?

"그렇습니다. 체이스 제국을 구원하기 위해서 파병을 한 상태입니다. 1차 전투는 승리했지만 아직 절반이 넘게 남은 오크 군단을 마저 처리해야 해서 그럽니다."

─으음… 얼마나 걸릴 것 같습니까?

페드로이아 공작은 체이스 제국을 버리고 와달라는 말을 차마 하지 못했다. 이안의 입장에서는 남의 일이었으니 독촉을 할 경우 자칫 노여움을 살 수도 있는 문제였다.

"바로 북부 탈환을 위한 출병을 할 겁니다. 그 계획에 맞춰서 북진할 것인데… 적어도 열흘은 걸리지 않을까 싶군요."

─열흘이라… 그 정도면 충분합니다. 들으니 공왕께서 포탈 마법진을 이용하여 군대를 이동시킨다고 하시니까 말입니다.

초대형 포탈 마법진으로 군대와 장비를 이동시키는 이안의 마법은 각국에 알려진 상태였다. 그러니 단 하루면 체이스 제국의 병력이 로크 제국으로 이동하는 것이 가능했다.

'이런… 대공 쪽도 그게 가능하다는 것을 모르는 모양일세.'

이안은 그것 때문에 대부분의 병력을 본국에 그대로 놔두고 있었다. 그것을 말해주어야 하나 고민했지만 생각해 보니 내전으로 로크 제국의 힘이 깎이면 자신에게 손해는 손끝만큼도 없었다. 아니, 오히려 반겨야 할 일이었다.

"최대한 빠르게 정리하고 가겠습니다. 버티는 작전으로 시간을 최대한 지연시켜 주십시오."

─알겠습니다. 최대한 빠른 지원을 부탁드립니다.

페드로이아 공작과의 통신을 끊은 이안은 곧바로 베르탄트 황제에게 달려갔다. 대승을 거뒀어도 수많은 사상자가 나온 탓에 그 정리를 위해 황제까지 매달린 상황이었다. 그러니 빠르게 북부 탈환을 하려면 직접 가서 독촉을 해야 했다.

"어서 오십시오, 공왕!"

황제가 머무는 막사는 화려한 치장이 되어 있는 곳으로 근위기사들의 삼엄한 호위를 받고 있었다. 입구에서 인사를 건네는 클리겔 공작은 우연히 만나게 된 것이었다.

"공작께서도 오셨군요."

"예, 사상자 정리가 얼추 끝나서 그것을 보고하려고 왔습니다."

"그러셨군요. 사상자는 얼마나 나온 겁니까?"

조심스럽게 사상자에 대해서 물었다. 대승을 거뒀지만 전투 막바지에 대규모 근접전이 있었기에 사상자의 수는 상당할 것이었다.

"휴우… 사망자만 3만 7천입니다. 부상자는 그보다 적지만 전투 불능인 병력도 2만에 달하고 말입니다."

상당한 사상자가 나온 것에 공작의 한숨이 유난히 깊었다. 이번에는 요충지를 끼고 수비를 한 것임에도 그런 사상자가 발생한 것이라 더욱 그럴 것이었다. 북부를 탈환하러 가는 것은 방어가 아닌 공격이었고 이제는 반대의 입장에서 싸워야 하기 때문이었다.

"일단 들어갑시다."

"그러지요."

이안과 클리겔 공작이 막사 안으로 들어서자 안에는 수많은 사람들이 논쟁을 벌이고 있었다. 이미 이안도 밖에서 안의 논쟁을 스치듯이 들었기에 대강의 내용은 알고 있었다.

"그만! 어서 오십시오, 공왕!"

황제가 직접 일어나 이안을 맞이했다. 체이스 측의 귀족들은 그런 황제의 행동에 깜짝 놀랐다.

"회의 중이셨나 봅니다. 나중에 와야 하는 것은 아닌지 모르겠습니다."

"아닙니다. 공왕의 방문보다 중한 것이 어디 있다고. 앉으십시오."

"그럼 실례하겠습니다."

이안에게 자리를 내주며 묘한 눈빛으로 응시하는 황제의 입이 열렸다.

"사상자들이 많아 마음이 아픕니다. 한데 공국군의 피해는 어느 정도나 됩니까?"

"사망자 30여 명 나왔다고 들었습니다. 안타깝지만 싸움이란 늘 그런 거 아니겠습니까."

"헛… 그 정도밖에 안 나온 겁니까? 허허… 대단하군요."

베르탄트 황제는 마총병대의 피해가 극히 미미하다는 것에 놀라고 말았다. 수만 명의 병력 피해를 입은 자신의 입장에서는 어이가 없을 정도였다.

"병사 1인에게 지급된 아티팩트의 가격이 5천 골드에 달합니다. 그 정도의 투자가 효과를 발휘한 거라 생각합니다."

"병사 1인에게요? 허허허……."

정말 기가 찬다는 황제의 표정에 이안은 빙그레 미소를 지었다. 직접 만들었기에 원가는 수백 골드에 불과했지만 굳이 그것까지 말해줄 필요는 없을 것이었다.

"제국에서도 할 수 없는 투자를 하셨습니다."

"어쩔 수 없는 선택이었습니다. 병력이 적으니 일당십은 해내야 수성이 가능하니까요."

"아무튼 대단합니다. 그런 결정을 내리는 것도 쉽지 않았을 것이니까."

"후후! 그건 그렇지요."

"그건 그렇고… 짐을 찾아온 이유가 궁금하군요."

"아! 지금 로크 제국에서 내전이 발발했습니다. 알고 계십니까?"

이안의 질문에 베르탄트 황제는 고개를 끄덕였다. 그 역시 체이스 제국의 정보국으로부터 그 사실을 보고받은 상황이었다.

"알고 있습니다. 로크 제국의 중앙군이 귀족군을 정리하기 위해서 출병했다고 하더군요."

"서부 페드로이아 공작의 구원 요청이 들어와서 조만간 로크 제국으로 가야할 거 같습니다."

"네? 그럼 우리 제국에서 철군하는 겁니까?"

황제는 깜짝 놀라 철군할 것인지에 대해서 물었다. 지금 상황에서 이안과 공국군이 떠나버리면 남은 200만이 넘는 오크 군단을 자신들만의 힘으로 싸워야 한다. 그 결과는 안 봐도 뻔했으니 무조건 붙잡아야 했다.

"그래서 드리는 말씀입니다. 북부 탈환을 서둘러야 할 거 같습니다."

"으음… 그것은……."

황제는 많은 사상자를 낸 지금 상황에서 출병을 서두르는 것이 마뜩지 않았다. 조금 더 휴식과 정비를 한 후에 착실하게 차근차근 탈환하는 것을 원했던 것이다.

"열흘 안에 가기로 한 터라 시간이 촉박합니다. 이 사건의 배후에 있는 것은 흑마법사들이고 그들이 직접 조종하는 것이 로크 제국입니다. 그러니 우선순위는 로크 제국이라 판단했습니다."

거기까지 말하자 베르탄트 황제도 마냥 우기거나 버티는 것이 불가능하다는 것을 깨달았다. 열흘 안에 북부를 탈환하지 못한다면 이안과 레이너 공국의 병력은 그대로 로크 제국으로 방향을 틀 것이었다.

"공왕."

"말씀하시지요."

"로크 제국이 내전으로 치달았으니 지금 상황에서 공국을 위협하는 존재는 없다고 봐야 하지 않겠습니까?"

"흠! 그건 그렇겠지요."

"그럼 이렇게 하는 것이 어떻겠습니까?"

"……?"

이안은 말없이 어서 제안을 해보라는 눈빛으로 황제를 지그시 압박했다.

"공국의 병력이 5만 정도라고 알고 있습니다. 그러니 2만의 병력을 더 파병하시지요?"

"2만이나 말입니까? 하하… 쉽지 않은 문제로군요."

2만의 마총병을 더 파병한다면 전쟁은 상당히 쉬워질 것이 분명했다. 지난 전투에서 마총병 1만이 사살한 적의 숫자는 수십만에 달했다. 2만이 더 늘어나서 3만의 마총병단이 전투에 돌입한다면 하루 종일 싸운다 생각할 때 능히 20배는 상대할 수 있을 것이었다.

"대신 전비는 물론이고 파병에 대한 대가로 천만 골드를 지급해 드리겠습니다."

전쟁 비용에다 파병에 대한 대가까지 지급하겠다는 황제의 제안에 이안은 적이 놀라고 말았다. 그렇게 하겠다는 대답을 하려고 하는 순간 베르탄트 황제가 빠르게 말을 이었다.

"대신 북부 탈환이 이루어지면 우리 체이스 제국군도 이번 사태의 책임을 물어 로크 제국으로 파병을 하겠습니다."

"네? 그건……."

이안은 베르탄트 황제가 원하는 바가 무엇인지 바로 알아챌 수 있었다. 바로 로크 제국에 책임을 묻는다는 것을 명분으로 땅을 빼앗을 생각이라는 것을 말이다.

'당근을 내밀고 말 한 마리를 거저 얻겠다는 건가? 역시 황제는 황제라 이건가?'

욕심을 부리는 것이지만 이번 사태의 피해자이니 보상을 원하는 것도 무리는 아니었다. 그리고 그가 그런 욕심을 부린다면 자신과 공국의 입장에서도 이득이 되는 부분이 있었다.

'로크 제국의 땅을 빼앗을 생각이라면… 뭐… 나쁘지 않군.'

체이스 제국의 욕심을 내세워 자신들도 표 나지 않게 땅을 병탄할 수 있을 것이었다. 그리고 가장 좋은 상황은 로크 제국의 서부를 공국으로 흡수하는 것이리라.

"좋습니다. 그렇게 하지요."

"하하하! 잘 생각하셨습니다. 그럼 바로 추가 파병을 하시는 겁니까?"

"네, 바로 준비해서 파병하도록 하겠습니다. 아마 내일 정오면 데리고 올 수 있을 겁니다."

"내일 정오라… 알겠습니다. 그럼 우리 군도 그때 북부로 출병하도록 하지요."

베르탄트 황제의 말에 이안은 최대한 빠르게 북부를 탈환하고 로크 제국으로 넘어갈 수 있는 계획 수립에 돌입했다.

'전격전이 무엇인지 보여주마. 전격전!'

이안은 체이스 제국에서 약속한 전비라면 전격전을 벌이는 것이 가능하다는 생각이었다. 막대한 재화를 퍼부어야 하는 그 작전이라면 적들을 더욱 쉽고 간단하게 처리할 수 있을 것이었다.

9장

개를 때리면

　체이스 제국을 침범한 오크 군단은 북부 지방을 초토화시켰다. 난민만 200만에 달할 정도였고 중부의 저지선이 뚫렸다면 체이스 제국의 명운은 나락으로 떨어져 내렸을지도 몰랐다. 중부 저지선의 대승으로 전세를 뒤집은 여세를 몰아 북진을 빠르게 추진하기 시작했다.

　―대승을 거뒀다 들었습니다. 그런데 공왕 전하께서 직접 연락을 다 주시니 의아하군요.

　헥토르 후작은 지금껏 조용히 자신의 세력을 추스르는 것에 시간을 보냈다. 원래 자신의 영지였던 후작령은 반토막이

나버렸는데 이안이 수작을 걸어서 영지민들을 빼간 것이 컸다. 그래도 20만 가까운 영지민들이 남아 있어서 후작으로서의 체면치레는 가능한 수준이었다. 아무튼 레이너 공국의 유일한 개인 영지를 지닌 귀족으로서 묵묵히 자기 일에 몰두했다.

"마총병 2만을 더 파병해야겠소."

─마총병 2만씩이나 말입니까? 그러다 로크 제국의 침공이라도 벌어지면 막을 병력이 없습니다만.

2만의 병력을 더 파병하면 레이너 공국예는 2만도 채 안 되는 소규모의 병력만이 남았다. 그 나머지 병력으로 아레나의 던전 인근 방어에 5천을 투입했고 국경에 1만이 배치되어 있는 상황이었다. 본국 안이 텅 비어버리게 되는 것을 우려하는 거였다.

"일단 치안대도 있으니 큰 걱정은 없을 것이오. 그리고 로크 제국은 지금 내전이 벌어져서 타국에 신경 쓸 여유가 있을지 모르겠소."

─드디어 내전입니까? 언젠가는 터질 줄 알았지만…….

"그러니 바로 2만 명의 파병을 준비해 주시오. 바로 포탈 마법진으로 이동시킬 생각이니."

─알겠습니다. 그건 그렇게 하고 다른 것은 더 준비하지 않아도 됩니까?

"이번 기회에 확실하게 공국의 위상을 모두에게 각인시킬 생각이오. 그래서 말인데 최소한의 방어를 위한 것을 뺀 샤베른도 모두 동원해 주시오. 매직 웨건과 매직 라이드도 마찬가지."

―총력전을 펴실 생각이십니까?

"아무래도 그래야 하지 않겠소? 여기 싸움이 끝나면 바로 로크 제국으로 넘어갈 것이니 그에 대한 준비도 갖춰야 할 거요."

―하하하! 드디어 복수의 시간이 돌아오는 겁니까? 아주 확실하게 준비를 하겠습니다. 으하하하!

헥토르 후작은 로크 제국에 의해서 반란을 일으켰었다. 살기 위해서 어쩔 수 없이 벌였던 그 일로 인해 락토르의 영웅에서 역적이 되어버렸다. 그는 로크에 대한 복수와 응징만이 유일한 삶의 이유라고 할 수 있었다.

"후작도 체이스의 일이 마무리되면 바로 로크 제국으로 넘어갈 준비를 해주시오. 같이 갑시다."

―당연하지요. 저를 빼고 가면 두고두고 원망을 할 겁니다.

"후후! 그럼 모레 정오에 마법진으로 이동할 준비를 모두 갖춰주기를 바라리다."

―걱정 마십시오. 그럼 무운을 빕니다.

"부탁하리다."

이안은 헥토르 후작과의 마법 통신을 끊고 다음 단계를 위한 준비에 들어갔다.

"아레나!"

—네, 마스터!

"에일리에게 말해서 비공정을 여기로 보내도록 해."

—비공정을 투입하시는 건가요?

"그래야지. 비행기도 좋지만 쉴 수 있는 공간이 없어서 불편하더라고."

—알겠습니다. 바로 에일리에게 전달하겠습니다.

아레나의 전언을 받으면 에일리는 뒤도 안 돌아보고 비공정을 몰아올 것이었다. 거리가 거리다 보니 비공정을 몰아오는 데 하루 가까이 걸릴 것이었다. 그동안 정비를 마치고 적진으로 떠날 생각이었다.

"아웅… 아래가 까매. 저것들 오크 맞지, 주인?"

에일리는 비공정을 몰고 단숨에 체이스 제국의 중부 저지선까지 날아왔다. 그것도 반나절 만에 날아왔는데, 마나 코어에 무리가 갈 정도로 비공정을 몰아온 것이었다. 그녀는 이안의 옆에서 떨어지지 않으려 껌딱지처럼 붙어 있었다.

"블랙오크들이다. 제법 강한 놈들이지."

블랙오크의 힘은 일반 오크들과는 확연히 달랐다. 적어도 3배 이상의 힘을 발휘하는 놈들이었기에 일반 병사들은 일대일이 불가능했다. 적어도 2명 이상이 달라붙어야 상대가 가능했다.

"많아… 정말 많아. 아웅……."

에일리는 200만에 달하는 블랙오크 무리를 보고 신기해했다. 저 정도로 엄청난 숫자의 무리를 본 적이 없으니 당연한 것이리라.

'어떻게 해야 할까? 이제는 우리가 공격을 해야 하는데 말이지. 데스리치 킹만 아니라면 혼자 날뛰었으면 좋겠군.'

피해를 최소화하며 승리해야 한다. 레이너 공국의 인적 구성으로는 더 이상의 병력을 뽑아낼 수 없었다. 그러니 지금의 병력을 보존하면서 승리해야 하는 악조건을 가지고 싸워야 했다.

"어떻게 하실 건가요? 아무리 몬스터라고 해도 오크들 또한 생명인데요."

이안은 뒤에서 약간은 서글픈 음성으로 말하는 아이린을 돌아보았다. 그녀도 에일리와 함께 비공정을 타고 왔는데 무슨 이유에서인지 마음이 좋아 보이지 않았다.

'성녀는 성녀라 이건가? 후우…….'

생명을 사랑하라고 배운 성녀에게 결코 좋은 자리는 아니리라. 수많은 생명이 서로를 죽이고 죽는 전장에 어울리지 않는 유일한 사람일 것이었다.

"먼저 쳐들어오지 않았다면 이런 일도 없었겠지. 어쩔 수 없는 일이야. 인간과 몬스터의 관계는."

"하지만… 그렇겠죠. 그래도 너무 불쌍하네요."

"그렇다고 내가 죽어줄 수는 없는 일이지."

이안의 말에 아이린은 시무룩한 표정으로 입을 꾹 다물었다. 오크가 먼저 인간을 공격한 것이니 살려 달라고 말하기도 어려운 상황임을 그녀도 잘 아는 까닭이었다.

"포탄을 많이 만들 걸 그랬어요. 그랬다면 한 번에 쓸어버릴 수 있었을 텐데요. 그렇죠?"

이안의 껍딱지가 에일리라면 에일리의 껍딱지는 케이트였다. 그녀는 이제 완전히 성인이 되어 묘한 아름다운 자태를 뽐냈다. 수인족의 피를 이어받은 탓에 여성치고는 근육질의 몸매였지만 그것 나름대로 건강미가 돋보이는 여인으로 성장했다. 어린 소녀의 모습이 남아 있고 육체는 건강한 여전사의 모습이니 상당히 묘한 모습이 되어버린 것이었다.

"다른 것도 만들어야 하니 별수 없지. 그래도 아쉽기는 하네. 크크크!"

포탄 1발에 적어도 10여 명은 날려 버릴 수 있는 위력이 담겨 있었다. 지금처럼 오크들이 잔뜩 몰려 있는 상황이라면

1발에 50마리도 죽일 수 있었다. 숫자상이지만 4만 발의 포탄을 한꺼번에 쏟아붓는다면 모두 죽이는 것이 가능했다.

'4만 발… 넉넉잡고 5만 발만 있어도…….'

그 정도의 포탄은 만들 시간적, 또 경제적인 여유가 없었다. 지금 공국에 남아 있는 여유분의 포탄을 다 합한다고 해도 1만 발을 간신히 넘는 양이었다.

'아니… 아니지… 군이 포탄일 필요는 없지 않나?'

이안은 오크들을 피해 없이 쓸어버리는 것에 가장 효과적인 작전을 떠올렸다. 제국도 마법 스크롤을 상당량 비축하고 있을 것이고 공격용 마법 스크롤을 모두 쓸어 모은다면 아주 효과적인 공격이 가능할 거라 생각했다.

"그래 그게 좋겠어."

"네? 뭐가요?"

"아! 오크들을 공략할 좋은 방법이 떠올랐거든. 돌아가자, 에일리!"

"웅! 주이인!"

에일리는 이안이 돌아가자는 말을 꺼내자 끌어안고 있던 이안의 팔을 풀고 냉큼 조종석으로 달려갔다.

"출발한다! 추울바알!"

에일리의 유려한 조종 솜씨에 비공정이 부드럽게 선회하여 왔던 길로 되돌아갔다. 중부 저지선에서 북부 원정을 준비하고 있는 연합군 진지로 향했다.

푹! 푸푹! 파팍!

부지런히 몸을 움직여 땅을 파는 병사들의 손길이 분주했다. 수만 명이 넘는 병력이 동원되어 땅을 파고 그곳에 조심스럽게 들고 있는 작은 상자를 묻었다.

"거리 잘 재라고."

"딱 30미터 맞습니다."

"그래도 다시 확인해. 오차가 나면 안 된다고 하니까."

"네, 프란 서전트!"

병사들은 서전트들의 닦달에 거리를 다시 재가며 정성스레 땅을 파고 묻는 작업을 이어갔다.

"이제 정말 먹힐 거라 생각하십니까?"

맥컬리 준장은 오랜만에 친구와 걸으며 물었다. 같이 아카데미에서 구르던 친구는 이제 공왕이 되었고 제국의 고개를 숙이게 만드는 대단한 위치에 올라 버렸다. 하지만 그런 모습이 시샘이 난다기보다는 자신을 갈고 닦는 계기로 삼고 매진했다.

"물론 먹힐 거야. 아무리 오크들이 뛰어난 머리를 가지고 있어도 오크는 오크일 뿐이니까."

"흠……."

"그리고 실패한다고 해도 상관은 없지. 저기 파묻는 것은 전부 체이스 제국에서 가져온 거니까."

"하긴 그렇군요."

체이스 제국의 공격용 마법 스크롤을 모두 가져왔다. 수만 장에 달하는 스크롤들은 최하가 파이어볼 마법이 내장된 스크롤로, 불과 바람 계열의 마법들만 모아놓은 것이었다.

"장군! 모두 끝났습니다!"

멀리서 외치듯이 작업을 완료했다는 소리가 들려왔다. 맥컬리는 부대원들이 하루 종일 시달리며 작업을 완료한 것에 손짓으로 신호를 보냈다.

"모두 진지로 돌아가서 휴식을 취하도록!"

"추웅!"

작업이 완료되고 병사들이 썰물처럼 빠져나가자 드넓은 평원은 그 흔한 풀벌레 소리도 안 들리는 고즈넉함에 빠져들었다.

"작전은 내일 바로 시행하는 겁니까?"

"그래야지. 오크 군단의 진군 속도를 보면 내일쯤 도착할 테니까. 도착에 맞춰서 바로 진행해야지."

"그렇군요. 추가 파병군은 그럼 언제 데리고 올 생각이십니까?"

"정오에 데리고 오기로 했다. 그러니 그 전에 매복할 지점들을 물색해 놓도록 해."

"그건 염려 마십시오. 사단 작전관들이 뛰어다니고 있을 겁니다."

"하긴… 그럼 여기는 너에게 맡길 테니 수고 좀 해줘."

"하하! 염려 마십시오. 전하!"

친구의 인사를 받으며 이안은 오크 몰살 작전의 최대 격전지가 될 곳을 떠났다.

두둥! 두둥! 두두둥!

바라칸의 지배를 받는 오크 군단은 보무도 당당하게 진군을 해나갔다. 북부 지방을 초토화시키고 남쪽을 향해 내려가는 그들의 발길은 거침이 없었다.

"취익! 대군장, 식사를 하고… 취익! 가야 할 것 같습니다. 취익!"

바라칸은 주술사가 하는 말에 하늘을 쳐다보았다. 태양이 가장 높은 곳에 있었고 그걸 바라보니 배가 출출하다는 느낌이 들었다.

"취익! 식사 준비를 하도록!"

"취익! 네, 대군장!"

바라칸은 주술사들이 바쁘게 움직이는 것을 보며 그늘을 찾아 앉았다. 200만에 달하는 오크 군단이 이동하는 것이라

식사를 하는 것도 상당한 시간을 잡아먹었다. 덕분에 저녁 늦은 시간까지 이동을 해도 하루에 고작 30㎞ 남짓이었다.

'응? 뭐지… 이 기분 나쁜 느낌은?'

바라칸은 인상이 살짝 일그러질 정도로 기분 나쁜 느낌에 자리를 박차고 일어났다.

우웅! 후우우우웅!

평원이 이어져 있어서 먼 거리까지 시야가 훤히 트여 있었다. 그런데 기이한 소음이 점점 커지고 이상한 물체들이 접근하는 것이 지평선에서 나타났다.

'저건 뭐지? 처음 보는 것들인데.'

바라칸의 눈에 들어온 것은 빠르게 접근하고 있는 은빛 사각 형태의 물체였다. 그 숫자는 점점 늘어났는데 그래도 걱정할 수준은 아닌 정도였다.

"인간들… 취익! 적의 공격이다! 모두 일어나라! 취이익!"

바라칸의 외침에 앉아서 식사를 준비하던 오크 군단이 들썩였다. 그들은 병장기를 집어 들고 휴식을 방해한 적들에게 무한한 분노를 일으켰다.

피잉! 피피피피피핑!

바라칸은 멀리서 달려오는 적들을 노려보며 오면 바로 목을 날려 버리겠다는 의지를 불태웠다. 그러다 이상한 소음과 위험을 알리는 본능에 커다란 블레이드를 휘둘렀다.

티캉! 퍼퍼퍼퍼픽! 퍼픽!

"케엑!"

"크아아악!"

블레이드를 쥔 손에 고통이 느껴질 정도의 충격이 가해졌다. 그리고 대열을 갖추고 서 있던 부하들이 비명을 지르며 쓰러지는 것에 눈을 치떴다.

'뭐지? 왜? 도대체 왜?'

부하들이 왜 죽어 나가는지 영문을 알 수 없었다. 블레이드에 부딪힌 그 무언가가 부하들을 죽이는 것은 느꼈지만 그것이 무엇인지도 알지 못했다.

"마총 교환! 조준사격!"

빠바바바바바바바방!

미친 듯이 달려가는 매직 웨건의 루프탑을 열고 선 병사들이 마총을 발사했다. 두 명이 정원인 매직 라이드에 탄 병사들도 블랙오크를 정조준한 뒤 사격을 가했다.

"속도를 천천히 늦춰라!"

매직 웨건 부대를 지휘하는 맥기 대위는 500대의 매직 웨건과 1천여 대의 매직 라이드에 명령을 내리며 서서히 속도를 줄였다.

"놈들이 올 때까지 쏴라! 속사!"

오크들은 자신들이 올 때까지 움직일 생각을 하지 않았다

덕분에 신나게 사격을 가하며 피해를 강요했다.

"취익! 라이더들은 놈들을 잡아라! 가자!"

"취이익! 출전! 출전하라!"

오크 라이더들이 대기하고 있다가 미친 듯이 돌격해 들어왔다. 수만 마리의 오크 라이더들이 내달리고 다른 오크들도 그 뒤를 따라 진군을 개시했다.

"좋았어! 이대로 놈들을 끌고 간다. 방향 돌려!"

맥기의 명령에 매직 웨건들이 방향을 틀어 서서히 움직였다. 그리고 오크 라이더들이 추격할 수 있는 속도에 맞춘 채 왔던 길을 되돌아갔다.

"취이이익! 전속력으로!"

"달려라, 달려!"

다이어울프들을 모는 라이더들의 거친 외침이 귀청을 뒤흔들었다. 거친 숨소리를 흘리면서도 독기 어린 눈빛을 뿜어내며 달리는 다이어울프들은 잡힐 듯 잡히지 않는 매직 웨건을 향해 온 힘을 다했다.

"방향을 틀어라! 약속된 곳으로 간다."

맥기는 30분 정도 도주를 빙자한 유인을 하며 오크 라이더들을 미리 정해진 공간으로 이끌었다. 멀리서 쫓아오는 블랙오크 본진은 서서히 범위를 넓히며 포위하려는 모습을 보였다.

"놈들의 약을 올려야겠다. 쏴라!"

빠바바바바바바방!

매직 웨건에 탄 마총병들은 맹렬하게 달려오는 다이어울프를 노리고 마총을 발사했다. 어차피 달리는 다이어울프에서 떨어지면 심각한 부상을 입게 되어 있었다. 그리고 또 뒤를 따라오는 다른 아군에게 짓밟혀 더 비참하게 죽게 될 것이었다.

"크아아아! 찢어 죽이고 만다! 취이익!"

오크들은 선두의 수백 마리의 오크들이 꺼꾸러지자 고래고래 악을 지르며 더욱 열을 내고 달려왔다. 그렇게 오크 라이더들을 몰아 비스듬히 약속된 장소에 도착했다.

─그대로 지나치도록 해.

"네? 그냥 지나치라는 말씀이시옵니까?"

맥기 대위는 지나쳐 가라는 말에 의문이 들어 그렇게 물었다.

─오크 라이더만 잡고 말 것은 아니니까 보병들이 도착할 때까지 유인했다가 돌아오도록!

"아! 알겠습니다."

이안의 명령을 그제야 이해한 맥기 대위는 멈추려고 하는 부하들에게 수신호를 하며 외쳤다.

"그대로 달려! 달리라고!"

"네? 아… 알겠습니다."

맥기 대위의 수신호를 뒤늦게 본 대원들이 계속해서 매직 웨건을 몰아 앞으로 나아갔다.

―거기서 양쪽으로 나눠서 크게 반원을 그리는 식으로 되돌아가도록!

"네, 전하!"

공중에 떠 있는 비행 원반을 통해 지상의 상황을 빠짐없이 살피라는 이안의 명령이 떨어졌다. 뒤를 따라오는 오크 군단이 도착하는 속도에 맞춰서 오크 라이더들까지 모이게 만들려는 것이었다. 철저한 계산에 의해서 방향과 속도까지 지정해 주며 매직 웨건을 움직이게 만들었다.

"취익! 놈들이 온다. 취익! 방어 대형을 갖춰라! 취익!"

바라칸은 열심히 추격해 왔는데 적들이 방향을 틀어 자신들이 있는 곳으로 오자 속으로 쾌재를 불렀다. 잡히면 놈들 때문에 건너뛴 점심 식사로 삼아주리라 생각하며 부하들을 움직였다.

<u>고오오오오오오!</u>

부유 마법에 의해 미끄러지듯이 달려가던 매직 웨건은 전방 오크 군단으로 인해 길이 막혀 버리자 서서히 속도를 줄였다.

"어떻게 합니까, 대장!"

"잠시만 기다려라!"

맥기 대위는 아직 이안의 명령이 하달되지 않는 것에 이를 앙다물었다. 지금 자신들이 멈춰 선 곳은 온갖 위험물이 숨겨져 있는 지역의 정중앙이었다. 만약 폭발이 일어난다면 자신들도 함께 폭사되는 운명이었다.

"취익! 달려라! 놈들이 앞에 있다! 취이익!"

"취이익! 다 죽여주마!"

오크 라이더들은 그동안 피해만 입고 한 번도 공격하지 못해 약이 바짝 올라 있었다. 독기 어린 눈빛을 뿜어내며 그들은 그대로 매직 웨건을 향해 다이어울프를 몰아왔다.

"그대로 돌파한다. 돌격!"

"그래, 한번 죽어보자고! 가자!"

맥기는 이안의 명령이 내려지지 않는 것에 강행 돌파를 선택했다. 매직 웨건은 전쟁용으로 만들어진 특수형이었고 어지간한 공격에는 흠집도 나지 않는 강력한 방호력을 지녔다. 그것을 믿고 그대로 다이어울프들을 향해 전속력으로 밀고 나갔다.

"취이익! 받아라!"

"으하아압!"

오크들은 매직 웨건을 향해 몸을 날렸다. 그들의 손에 들린 커다란 블레이드들에 맺힌 붉은 기운이 그대로 매직 웨건의 외장갑을 두드렸다.

카앙! 카카카카캉! 카아앙!

갑옷도 그대로 잘라내 버리는 오크 라이더들의 공격이 외장갑을 짓이기려 했다. 그러나 그대로 튕겨지며 거북한 소음만 양산해 냈다.

"그대로 밀어버려!"

"매직 라이드를 보호하라고!"

매직 라이드는 매직 웨건처럼 장갑의 보호를 받지 못했다. 말처럼 타는 이동 수단이기에 상체가 고스란히 드러나는 단점이 있었다. 그것 때문에 매직 웨건들은 밀집 대형을 갖춘 채 그 뒤에 매직 라이드가 따르는 형태로 돌진했다.

"취이익! 놈들이 도망가지 못하게 밀어붙여라! 취이익!"

바라칸은 매직 웨건들이 오크 라이더들을 뚫고 도망가려고 하는 것에 불같은 외침을 토해냈다. 그러자 거대한 해일처럼 밀려드는 오크들은 꾸역꾸역 좁은 공간으로 몰려들었다.

―그대로 돌파하도록 해. 무슨 일이 있어도 그냥 돌파하는 것을 잊지 마라. 마름모 대형으로!

"아, 알겠습니다. 전하!"

뒤늦게 들려온 이안의 말을 그대로 전파하며 맥기는 마름모 대형을 만들기 위해 꼭짓점 위치로 나섰다. 그 뒤를 이어 매직 웨건들이 늘어섰고 중앙에 매직 라이드들이 들어서며 형태를 갖췄다.

"트리플 캐스팅! 블리자드 스톰! 블리자드 스톰! 블리자드……."

매직 웨건들이 돌파해 나가는 곳을 향해 떨어져 내리는 혹한의 기운이 매섭게 휘몰아쳤다. 하얗게 얼어버리는 공간과 그 안에 있는 오크 라이더들은 그대로 얼음조각이 되어버렸다.

"취익! 피, 피하라!"

"취이익! 마법이다!"

오크 라이더들은 갑작스러운 블리자드 스톰 세례에 당황했다. 수천이 넘는 오크들이 순식간에 떼죽음을 맞이하고 그 사이를 빠른 속도로 매직 웨건들이 뚫고 나가버렸다.

"야호! 탈출이다!"

"살았다, 살았어. 으하하하!"

병사들은 블리자드 스톰을 뚫고 나오며 안도의 환호성을 울렸다. 그들이 방향을 틀어 뒤쪽을 바라봤을 때 공중에 떠 있는 비공정으로부터 수백 발의 포탄이 지상을 향해 떨어져 내렸다.

콰쾅! 콰콰콰콰콰콰콰콰콰쾅!

지축이 흔들릴 정도의 강력한 폭발이 연쇄적으로 일어났다. 붉은 화염이 충천하고 그 화염을 더욱 거세게 만드는 바람의 소용돌이가 사방을 뒤덮었다.

"헉! 저, 저걸 보라고!"

"미쳤다, 정말……."

"아고, 살 떨려… 우리가 저 안에 있었으면……."

병사들은 끔찍한 광경에 절로 치가 떨려왔다. 엄청난 숫자의 오크들이 있는 곳에서 일어난 폭발은 목불인견의 참상을 만들어내고 있었다.

"대장, 저 오크들 살 수 있을까요?"

"너 같으면 살 수 있겠냐?"

"아뇨. 불가능하겠죠. 쩝!"

"알면 뭐 하러 물어. 에휴!"

맥기 대위 역시 오크들과 싸우는 입장임에도 불구하고 그들이 불쌍하게 느껴졌다. 저런 엄청난 폭발을 기획한 이안의 작전이 성공을 거둔 것이지만 저건 아니다 싶었다.

"마총병대 진군하라!"

"우오오오오오오!"

3만의 마총병들이 일제히 오와 열을 맞추며 전진했다. 그들은 멀리 떨어진 곳에서 대기하다 대폭발이 일어나자 그것을 신호로 진군하는 것이었다.

"우리도 가자!"

"네, 공작 전하!"

마총병단과 보조를 맞춰 출진하는 체이스 제국의 기간트

부대는 빠른 속도로 오크 군단의 무덤을 향해 나아갔다. 아무리 대폭발이 강력한 위력을 선보였다고 해도 전부 죽이지는 못했을 것이니 그 뒤처리를 하려는 거였다.

"취익… 대군장… 취익……."

화염이 서서히 사라지는 순간 숨이 거의 넘어가는 오크 주술사가 바라칸에게 다가갔다. 그는 주술력으로 보호했지만 발밑에서 터져 나오는 폭발을 그대로 뒤집어썼다. 심각한 부상을 입은 채 패닉 상태에 빠져 있는 바라칸을 향해 걸어가서 그를 흔들었다.

"대군장… 정신… 차리십시오. 대군장!"

주술사의 외침에 정신이 드는지 바라칸은 주변을 살폈다. 검게 그을린 주검들이 빼곡하게 들어찬 평원이 그의 눈에 들어왔다. 400만에 달하는 일족을 이끌고 인간 세계를 정복하기 위해 나선 것이 엊그제 같았다. 그러나 지금은 부상당한 소수의 부하들이 자신을 보호하기 위해 몰려들고 있었다.

"취익… 으으… 헛된 욕심이었나? 크크큭!"

바라칸은 자신의 야망 때문에 출전했던 전사들이 모두 떼죽음을 당한 것에 어이없는 웃음을 흘렸다.

"대군장… 여기를 탈출하십시오. 취익!"

여전히 수십만에 달하는 오크 전사들이 살아 있었다. 부상을 입은 자들이 많았지만 그래도 싸울 수는 있을 정도였다.

"취익! 나중을 기약해야 합니다. 취익!"

"취익! 나중이라… 그래… 돌아간다! 길을 열어라! 취이익!"

나중을 기약하자는 말에 바라칸은 정신을 다시 차리고 명령을 내렸다. 블랙오크 일족의 미래를 위해 살아남은 자들만이라도 돌아가야 했다.

"취익! 나 다비쿤이 길을 연다. 따르라!"

바라칸 휘하의 군장들 중에서 살아남은 다비쿤이 전사들에게 외치며 북쪽으로 길을 잡았다. 삼면에서 몰려들고 있는 인간들을 피해 전력을 다해 도망가기 시작했다.

"아웅! 주인 그대로 둘 거냐?"

에일리는 비공정에 탄 채 지상의 싸움을 지켜보고 있었다. 대폭발로 거의 쓸어버렸고 이제 많아야 10만 정도가 남은 채 도주하는 오크들이었다. 그런 그들을 그대로 두는 것이 이상하다는 생각을 하는 것이었다.

"다 죽이는 것이 낫긴 하지. 그래도 군이 패해서 도망가는 놈들을 죽일 필요는 없지."

"그런가? 우움… 이상하다."

수인족들은 패배한 적들을 모두 죽이는 습성이 있었다. 후환을 남겨두지 않기 위해서 전멸시켜 버렸던 것이다. 그러니 에일리는 오크들을 모두 죽여서 후환을 없애는 것이 당연하다고 여기는 거였다.

'후후! 체이스 제국의 문제지 내 문제가 아니니까.'

블랙오크들이 저만한 성세를 다시 이루려면 수십 년은 족히 걸릴 것이었다. 그러는 동안에도 복수를 위해서 체이스 제국을 열심히 공격할 것이니 자신과 공국에는 나쁘지 않은 일이었다.

"내려가자. 베르탄트 황제가 기다리겠다."

"우웅! 알았다, 주인!"

에일리는 빠르게 비공정을 몰아 베르탄트 황제가 기다리고 있는 곳으로 향했다. 지상은 마총병대와 제국의 기간트 부대가 처리할 것이었다.

"고, 공왕… 어서 오십시오. 하… 하하하!"

베르탄트 황제는 거의 넋이 나간 모습으로 이안을 맞이했다. 대폭발이 일어나는 것을 마법사들의 도움으로 지켜본 그는 이안이 마왕이라도 되는 것처럼 행동했다.

"블랙오크들은 정리가 됐습니다, 폐하."

"지, 짐도 보았습니다. 정말… 대단한 작전이었습니다."

"칭찬 감사합니다. 재화가 많이 들기는 했지만 피해는 전무한 싸움이라 그것이 더 다행이라 생각합니다."

이안의 말에 황제는 피해가 전무하다는 말을 되새겼다. 전

쟁을 하면서 이런 전과를 거두는 것이 과연 가능한지 생각해
봤지만 결론은 불가능이었다.

'절대 싸워서는 안 되는 인물이다… 레이너 공왕은……'

황제는 다시 한번 이안을 거스르지 않겠다는 다짐을 속으
로 하며 입을 열었다.

"오크들이 정리되었으니 바로 로크 제국으로 가실 생각이
십니까?"

"그래야지 않겠습니까? 개를 두들겼으니 이제 그 주인이
튀어나올 테니까 말입니다."

개를 두들기면 그 주인이 복수를 위해 달려 나온다는 말이
었다. 블랙오크들을 부추겨서 전쟁을 일으킨 흑마법사들이
로크 제국의 일마저 막으려고 하는 이안을 그대로 두지는 않
을 것이었다.

"알겠습니다. 그럼 바로 가시죠. 전장을 정리하는 것은 제
국군만으로도 충분하니까요."

"제국도 바로 참전하실 생각이십니까?"

"하하! 공왕의 포털 마법진을 이용하면 기간트로 바로 이
동시킬 수 있으니 묻어가는 것이 편하지 않겠습니까?"

"그거야… 그렇겠군요."

체이스 제국의 기간트 부대를 모두 끌고 가면 분명 도움은
될 것이었다. 로크 제국 기간트 부대의 숫자가 엄청나니 방어

용으로는 적격이라고 판단했다.

'샤베른으로 상대하는 것도 무리지. 로크의 기간트 숫자는 3천 대가 훨씬 넘어서니 말이야.'

원거리 포격전으로 승부를 본다고 해도 그 숫자가 너무 많았다. 그걸 위해서 데리고 가는 편이 낫다는 생각에 이안은 활짝 웃으며 말했다.

"오늘 하루는 정리를 하고 내일 정오에 로크 제국으로 넘어가도록 하지요."

"알겠습니다. 아국도 그에 맞춰서 준비하도록 하겠습니다."

베르탄트 황제가 정중하게 대답하는 것에 이안은 빙긋이 미소를 지었다. 확실하게 꼬리를 내린 황제의 모습을 보니 절로 나오는 미소였다.

10장

주인이, 나온다

　페드로이아 공작은 서부 귀족들을 모두 끌어모아 결사항전을 벌이기로 했다. 이미 황제는 유폐당하고 대공이 자리를 찬탈한 것으로 결론을 내린 상황이라 귀족들에게 당위성이 부여된 싸움이었다. 절대 물러설 수 없는 싸움이었고 진다면 가문은 물론이고 영지까지 모두 잿더미가 될 판이었다.

　"미친 거 아닙니까? 말살전이라니요! 이게 도대체 말이 된다고 보십니까?"

　한 귀족이 열불이 치미는지 버럭 소리를 지르며 분통을 격하게 터뜨렸다.

"대공은 이미 인간이기를 포기했소이다. 제 형을 강제로 유폐시킨 것도 모자라서 이런 짓을 하다니요. 에잇!"

"여기서 옥쇄를 각오하고 싸웁시다. 어차피 지면 영지는 개미 새끼 한 마리 남겨두지 않을 거라니까 말입니다."

크리스토퍼 대공이 말살전을 명령했다는 것이 귀족들에게 고스란히 전해졌다. 그러니 서부의 귀족들은 항복이라는 것을 생각조차 할 수 없게 되어버렸다.

'왜 그런 무리수를 둔 거지? 도대체 왜?'

분열을 조장하는 것이 가장 효과적인 진압책일 것이었다. 대공이 자신의 밑으로 들어오면 살려주겠다는 말만 했어도 여기 있는 귀족들 가운데 못해도 1/3 정도는 넘어갔을 수 있었다. 그럼 내부에서 무너진 서부 귀족군은 제대로 싸워보지도 못한 채 지리멸렬했을 것이었다.

'도대체 이유를 알 수가 없군… 하아…….'

페드로이아 공작은 귀족들이 중구난방으로 떠드는 소리를 귓등으로 흘려들으며 자신만의 생각에 몰두했다.

"아 참! 그거 보셨습니까?"

"뭐를 말이오, 하인리 자작?"

"어제 체이스 제국에서 벌어진 오크 군단 몰살 작전에 관한 마법 영상입니다."

하인리 자작은 서부 귀족군에 속한 귀족이기 이전에 청마탑의 장로를 역임하고 있는 마법사였다. 그는 마탑에서 전해 온 마법 영상을 본 후 충격에 빠졌었다.

"체이스 제국이 오크 군단을 몰살시켰다는 말입니까? 정말?"

"그렇소이다. 어제 낮에 벌어진 몰살전 마법 영상이 밤늦게 제게 왔지요. 밤새 그 영상을 보고 충격에 빠졌었습니다그려."

"그럼 여기서 재생이 가능하겠습니까?"

한 귀족의 청에 하인리 자작은 흔쾌히 고개를 끄덕인 후 소매에서 작은 마법 수정구를 꺼내 들었다.

"활성화!"

후웅! 파앗!

수정구에서 솟아오른 영상이 활성화되며 찍은 마법사의 시야에 맞춰서 영상이 펼쳐졌다.

"오! 저건 매직 웨건이 아닙니까? 저걸 저런 용도를 쓰다니… 레이너 공국이 참 대단합니다."

"저 비싼 것을 전쟁 병기로 쓸 생각을 하는 것이 신기하군요. 하하하!"

매직 웨건은 귀족들도 간신히 한 대 구해서 타고 다니는 초고가의 물건이었다. 그런 것을 전쟁용 병기로 사용하는 것을 보자 귀족들도 놀랍다는 반응이었다.

"헉! 저, 저럴 수가……."

"미, 미친… 미쳤소이다. 미쳤어!"

귀족들은 엄청난 대폭발이 일어나고 오크 군단이 떼 몰살을 당하는 광경을 보자 자리에서 벌떡 일어나며 소리를 질러 댔다. 말이 떼 몰살이지 200만에 가까운 병력을 한순간 날려 버릴 수 있다는 것은 경악이라는 말조차 모자랐다. 전율이 일어나는 것에 그들은 부들부들 떨면서 마법 영상이 끝날 때까지 아무런 말도 하지 못했다.

"허어… 놀랍구려. 저런 전쟁이 가능하다니."

페드로이아 공작은 단 한 방에 전쟁을 마무리 지은 이안이라는 사람에 대해서 극도의 공포를 느꼈다. 숨이 쉬기 거북스러울 정도의 공포를 가까스로 넘기며 공작이 말했다.

"다들 알겠지만 레이너 공왕이 우리를 돕기 위해 군을 이끌고 올 것이오. 그런데 저 영상을 보니… 어떻게 해야 할지 모르겠소."

"으음… 오크를 막으려고 오우거를 불러들이는 일이 될지도 모릅니다. 다시 생각을 해야 하지 않겠습니까?"

한 귀족이 하는 그 말에 모두는 자신도 모르게 고개를 끄덕였다. 저런 엄청난 전투를 기획할 수 있는 사람이라면 나중에 어떤 방식으로든 자신들까지 집어삼키려 할지도 모른다는 두려움에 떨고 있는 것이었다.

"내 생각은 조금 다르군요."

"다닐 후작의 생각은 어떻길래 그러는 것이오?"

"레이너 공국이 작년 일 년 동안 벌어들인 수익이 얼마나 되는지 아십니까?"

다닐 후작은 서부의 대영주 가운데 한 명으로 페드로이아 공작과 함께 서부 귀족군의 중추였다. 휘하에 제국 삼대 상단 가운데 하나인 돌프 상단을 운용하며 상재에 밝은 사람이었다.

"아국의 후작령만도 못한 레이너 공국이 일 년에 거둬들인 수익이 1,500만 골드에 달합니다. 그것도 추정치일 뿐 제 생각에는 2천만 골드도 넘을 거라 봅니다."

"헉! 그 정도로 많다는 말이요?"

"그렇습니다. 앞으로 가면 갈수록 그 수익은 늘어날 겁니다. 저 작은 공국이 우리 서부 귀족 가문이 얻는 수익의 2배가 넘는 수익을 거두는 셈입니다. 어쩌면 몇 년 내에 우리 제국이 거두는 수익을 넘어설지도 모릅니다. 그때는… 공국이 더이상 공국이 아닌 거지요. 영토만 작을 뿐 제국이라고 해도될 겁니다."

다닐 후작의 말에 귀족들은 충격에 빠져들었다. 그리고 심각한 고민에 잠겨 더 이상의 회의는 무의미한 일이 되어버렸다.

후웅! 파아아아아앗!

마나의 유동이 일어나고 그 시발점에서 만들어지는 거대한 공간의 문이 열렸다.

"베르탄트 체이스 제국 황제 폐하와 레이너 공왕 전하께서 나오십니다. 모두 예를 갖추십시오."

선두에 모습을 보이는 이안과 베르탄트 황제의 모습이 보이자 서부 귀족군의 수뇌들은 정중하게 예를 갖췄다. 비록 적국이지만 자신들을 돕기 위해 온 베르탄트 황제인 것이다.

"어서 오십시오. 체이스 황제 폐하! 레이너 공왕 전하!"

"진심으로 감사드립니다."

귀족들의 인사말에 베르탄트 황제는 만면에 흐뭇한 미소를 띤 채 손을 들어 답했다.

"이렇게 환영해 줄 줄은 몰랐군. 만나서 반갑소. 하하하!"

"시간이 없으니 예는 가볍게 하고 길을 열어주시오."

이안은 포탈 마법진이 유지되는 시간을 생각하여 귀족들을 데리고 한쪽으로 비켜섰다. 그 뒤를 이어 나오는 기간트 캐러밴의 등장에 귀족들은 헉 소리를 내며 구경했다.

"엄청나군요. 기간트 캐러밴이 통과할 수 있는 포탈 마법진이라니."

"역시 대마도사이십니다. 하하하!"

아직 이안의 경지를 8클래스로 알고 있는 자들이 대부분이었다. 그러니 대마도사 운운하며 놀란 토끼 눈을 하고 있는 거였다. 8클래스의 마법으로는 저렇게 커다란 포탈 마법진을 만들 수 없다는 것을 모르기에 하는 행동들이었다.

'8클래스? 8클래스 대마도사가 헬파이어를 더블 캐스팅 하나? 어리석은 자들 같으니… 쯧!'

베르탄트 황제는 서부 귀족들의 말을 들으며 속으로 비웃음을 한가득 날렸다. 저들이 저럴수록 자신에게는 더욱 좋은 일이니 일부러 정정해 줄 필요를 느끼지 못했다.

"대연회장으로 가시지요. 오늘 하루 황제 폐하와 공왕 전하를 위해 성대한 연회를 준비했으니 기꺼운 마음으로 즐겨 주십시오."

페드로이아 공작의 말에 이안은 고개를 가로저었다. 시간이 없는 이 와중에 연회를 한다는 것 자체가 마음에 들지 않았다. 아직 중앙군이 서부 영역에 들어서지 않았다고 해도 이러는 것은 공포에 떨고 있을 백성들에게 예의가 아니라는 생각이었다.

"아니, 대회의장으로 갑시다. 지금 해야 할 것은 연회가 아니라 회의 같으니 말입니다."

"네? 대회의장으로 가자는 겁니까?"

"그렇습니다. 공포에 떨고 있는 백성들을 위해서라도 일분

일초가 아까워서 말입니다. 그것이 제 백성이 아니라고 해도 말이지요."

"으음… 황제 폐하의 의중은 어떠십니까?"

"나 역시 마찬가지요."

"알겠습니다. 그러면 대회의장으로 모시겠습니다."

페드로이아 공작은 베르탄트 황제가 이안의 의견을 존중하고 있음을 느꼈다. 그리고 예법상으로라도 황제의 옆에는 아무도 서서는 안 되는 것이었다. 그런데 지금 황제는 이안과 나란히 걷는 것을 아주 즐기는 듯한 모양새였다.

'황제가 꼬리를 내렸군. 체이스 제국도 상당히 강한 나라이거늘……'

그 모습을 지켜보는 것은 페드로이아 공작만이 아니었다. 서부의 귀족들은 모두 그런 모습을 지켜보며 이안의 강력함을 피부로 느끼는 중이었다.

"우리 서부의 귀족들이 모은 군세는 17만입니다. 나이트급 기간트 3대와 380대의 워리어급 기간트를 보유하고 있습니다."

서부 귀족군을 공격하기 위해 출군한 중앙군은 25만이었고 기간트는 무려 1,500여대에 달했다. 방어전으로 버티는 것은 어느 정도 가능할지 몰라도 전면전은 어림도 없는 수치였다.

"병력의 차이는 심하지 않지만 문제는 기간트의 전력이 워낙 뒤처지는 탓에 수성전을 준비 중입니다. 수성을 위해 동북부의 위톤 요새와 동남부의 펠릭 요새에 모든 병력을 둘로 나눠서 배치했습니다."

귀족군의 총사령관을 맡은 이는 페드로이아 공작이었고 지금 브리핑을 하는 이는 공작가의 기사단장이었다.

"이번에 짐이 이끌고 온 원군이 기간트 1,200대에 15만이오. 그러니 겉으로 드러난 전력은 엇비슷하겠군."

"예, 저도 그렇게 생각하고 있습니다."

베르탄트 황제의 말에 서부 귀족들 모두가 동의한다는 듯이 고개를 주억거렸다.

"공왕의 생각은 어떠십니까?"

"무엇을 말씀이십니까?"

"방어는 이 정도면 충분할 거 같으니 공격을 어떻게 할 것인지 묻는 것입니다."

"아! 공격을 원하십니까?"

"하하하! 당연하지요. 솔직한 생각으로 공국의 전력만으로도 저들을 충분히 격파할 수 있지 않습니까."

베르탄트 황제가 이안에게 존대를 하며 그가 지닌 전력을 무적의 군대로 여기는 모습에 귀족들은 얼어붙었다.

'그 몰살전도 대단했지만 그것이 전부가 아니었다는 건 가?'

'역시… 레이너 공국에 무언가가 있어!'

귀족들은 속으로 수많은 생각을 하고 또 이해타산을 맞춰 갔다. 몇몇은 이번 싸움의 끝을 생각하며 자신들이 살길이 이안에게 있다는 것으로 결론 내렸다.

"하긴… 지금 로크 제국의 황성엔 병력이 어느 정도나 남은 겁니까?"

"황성에요? 글쎄올시다……."

"그건 제가 말씀드릴 수 있겠군요. 지금 황성에는 근위병단 5만과 치안대를 비롯한 대공군 5만 정도가 남아 있습니다. 그러니 합이 10만에 기간트 전력은 300대 정도일 겁니다."

10만의 병력에 기간트 300대라는 말에 이안은 빠르게 머리를 굴렸다. 마총병단에 샤베른 300대, 그리고 기간트 어느 정도만 이끌고 가도 하루 만에 함락시키는 것이 가능해 보였다.

"황성을 바로 공격합시다. 내 휘하의 마총병단과 샤베른을 모두 이끌고 가겠습니다. 기간트 전력을 어느 정도 지원해 주면 바로 함락시킬 수 있을 겁니다."

황성을 함락시킬 수 있다면 중앙군과의 싸움을 안 할 수도 있는 문제였다. 그러니 귀족들은 반색을 하며 이안이 황성을 공격해서 대공을 몰아내주기를 바랐다.

"내가 지원하겠소이다."

손을 번쩍 들고 지원한 사람은 카린 후작으로 나이트급 기간트를 모는 로크 제국의 기간트 마스터였다. 그가 나서자 그와 싸운 적이 있었던 마르틴 백작도 기세를 돋우며 말했다.

"저 역시 참가하기를 원합니다."

"하하! 두 기간트 마스터가 나선다면 일은 훨씬 더 쉬워지겠군."

베르탄트 황제의 말은 곧 두 사람이 나서서 기간트 부대를 이끌고 출전하는 것을 허락한다는 뜻이었다. 그 말에 두 사람은 눈빛을 강렬하게 빛내며 황성을 공격하는 임무를 완벽하게 수행하겠다는 의지를 내비쳤다.

"좋습니다. 그럼 나는 바로 황성으로 떠나도록 하겠습니다. 이쪽의 대응 마법진은 로이건 후작이 맡아서 해결할 겁니다."

"맡겨주십시오, 전하!"

로이건 후작이 가볍게 고개를 숙이며 말하자 지켜보기만 하던 귀족들 중의 일부가 손을 들었다.

"저희도 따라가면 안 되겠습니까?"

"그건 곤란할 것 같군요. 황성을 점령한다고 해도 크리스토퍼 대공을 잡을 수 있을 거라는 확신이 없는 이상 방어는 해야 할 거 아니겠습니까?"

"그건… 알겠습니다."

이안이 허락하지 않는 것에 귀족들은 약간 시무룩한 표정을 지었다. 황성을 점령하는 작전을 참가하면 자신들의 공훈을 세상에 널리 알릴 수 있는 기회라 생각했다. 그런데 그런 기회를 얻을 수 없다는 것이니 아쉬움에 그러는 것이었다.

"바로 출발하도록 하지요."

"워프 마법진은 모두 봉쇄된 상황입니다. 어떻게 가실 생각이십니까?"

"흠… 비행기로 가는 것이 좋겠군요. 비공정을 마침 놔두고 왔으니."

"비행기라면… 아! 그게 있었군요."

귀족들은 비행기라는 말에 눈을 반짝였다. 그들도 비공정을 본 적이 있었고 비행기는 그것의 하위 버전 정도로 생각하고 있었다. 그러니 그 비행기라는 것을 자신들도 가질 수 있을까 하는 욕심이 생겨난 것이었다.

"그럼 황성에서 봅시다."

이안은 귀족들의 열망 어린 시선을 싹 무시한 채 그대로 대회의장을 나섰다. 침투를 해야 하는 상황이기에 다른 사람이 함께 가는 것은 오히려 짐이 될 뿐이었다.

"가자! 제국의 황성으로!"

"네, 전하!"

비행기의 조종사는 이안을 태우고 날렵하게 날아올랐다. 어두운 하늘에 맞게 검게 칠한 비행기는 야조처럼 날아 그 누구의 눈에도 띄지 않은 채 황성을 향해 날아갔다.

스르르르릇!

마나 코어의 가동을 중지시킨 후 프로펠러를 멈추고 바람에 의지한 채 날던 비행기는 마지막 순간 부유 마법을 사용하여 안전하게 착지했다.

"덕분에 편하게 왔군. 조심해서 돌아가게."

"네, 부디 조심하십시오."

"후후! 내 걱정은 안 해도 될 거 같군. 그럼!"

"추웅!"

조종사의 경례를 받은 이안은 서둘러 로크 제국의 심장부인 황성을 향해 신형을 날렸다. 아직 어둠이 가시려면 몇 시간의 여유가 있는 상황이라 검은 로브를 걸치는 것으로 눈에 띄는 것을 막았다. 오러 스텝을 사용하여 폭발적인 스피드를 내던 이안은 순식간에 거리를 좁히며 삼엄한 경계망이 가동되고 있는 곳에 도착했다.

'내전을 벌이기는 한 모양이군. 이 정도 경계라니.'

이안은 촘촘하게 세워진 수비병들 사이를 간단하게 뚫고 들어갔다. 칼라의 주특기인 그림자를 이용한 이동법은 그 누구의 이목에도 걸리지 않았다.

'방어 마법과 공간 이동을 제약하는 마법 자장이 걸렸군.'

제국의 황성답게 7클래스의 마법까지 무효화시키는 방어 마법이 걸려 있었다. 그 이상의 마법에는 무력하지만 현 상황에서는 각 마탑의 탑주들도 황성에서 힘없는 노인네에 불과할 것이었다.

'마법 자장을 해소해야 한다. 그게 아니면 자칫 시공간의 틈에 갇혀 버릴 수가 있으니.'

마법 자장을 해소해야 날이 밝을 때 아군을 포탈 마법으로 이동시킬 수 있었다. 그는 마법 자장이 가장 강하게 느껴지는 곳을 역추적하여 어둠에 잠긴 황성을 누볐다.

'역시… 마탑이로군.'

로크 제국의 마탑은 황궁의 바로 옆에 붙어 있었다. 그 마탑에서 마법 자장이 분출되고 있었는데 황성의 주요 거점에 솟아 있는 중계탑들이 그 자장을 황성 전체로 퍼뜨리는 시스템이었다.

'마탑은 어려울 거 같고… 중계탑들만 부수는 것이 좋겠다.'

마탑을 부수려면 필히 충돌이 일어나게 되어 있었다. 그럼 부르기도 전에 홀로 10만에 달하는 병력과 드잡이질을 해야 했다. 그것은 피하고 싶었기에 중계탑만 조용히 부수는 걸로 결론 내렸다.

"정신 똑바로 차리고 지켜라!"

"네, 기사님!"

순찰을 도는 기사는 중계탑을 지키는 근위병들을 다그쳤다. 근위병 5개조로 이루어진 수비병들은 중계탑을 완전히 감싼 채 우렁찬 대답으로 기사를 만족스럽게 만들었다.

"그럼 수고하도록!"

"추웅!"

근위병들의 군례를 받으며 기사들이 떠나고 시간이 살짝 지나자 고참병들 순으로 자리에 앉았다.

"에고, 이게 뭐하는 짓인지 몰라."

"누가 아니래냐. 황제 폐하께서 쓰러지신 이후로 나라 꼴이 말이 아니다 정말."

"황제 폐하께서 어서 자리를 털고 일어나셔야 하는데 말이지."

근위병들은 시국이 수상하게 돌아가는 것을 걱정했다. 내전이 발발하고 말살전이라는 말도 안 되는 명령을 내린 크리스토퍼 대공에 대한 걱정이 그들을 한숨짓게 만들었다.

"마인드 컨트롤!"

후웅! 파팟!

이안의 마력이 짧게 폭발하듯이 터지고 근위병들의 눈이

갑자기 몽롱하게 풀렸다.

"너희는 아무도 보지 못했다. 철저하게 근무를 섰고 지금의 일은 모두 잊어라."

"네… 아무도 보지… 못했습니다."

넋이 나간 사람들처럼 대답하며 그대로 서 있는 근위병들을 두고 이안은 중계탑 안으로 들어갔다. 수백 개의 마나석이 박혀 있는 마법진이 가동되며 강력한 마법 자장을 퍼뜨리고 있었다.

'정오에 맞춰서 폭발하도록 마법진을 만들어야겠군.'

기존의 마법진에 교묘하게 숨은 마법진을 그려 넣었다. 그 누가 와서 보더라도 마법진의 이상을 알아내지는 못할 것이었다. 빠르게 마법진을 새겨 넣은 이안은 다른 중계탑으로 이동했다. 그가 사라지고 난 다음 정신을 차린 근위병들은 고개를 갸웃거리기만 할 뿐 무슨 일이 있었는지 전혀 알지 못했다.

"키키킥! 이상이 없는지 시간 , 시간마다 확인하도록 해."

"네, 마스터."

검은 로브를 걸치고 짙게 드리워진 음영 사이로 붉은 안광을 뿜어내는 카데인은 공포에 절어 있는 마법사들을 살폈다. 로크 제국 마탑 소속의 마법사들로 그들은 카데인에게 제압

당해 목에 종속 마법이 각인된 목걸이를 걸고 있었다. 결코 저항할 수 없는 신세가 된 그들은 절망에 빠져 수동적으로 움직이는 인형과 같은 모습들이었다.

"좋아. 난 대공에게 갈 것이니 무슨 일이 생기면 바로 연락을 취하도록 해."

"네, 마스터."

카데인은 무기력하게 변해 버린 마법사들을 놔두고 대전으로 발길을 돌렸다. 정오에 벌어지는 대전 회의에 참석하기 위함이었다.

삐잉! 삐이잉! 삐잉!

이상이 생겼음을 알리는 경고음에 마법사들이 갑자기 자리에서 벌떡 일어났다.

"마, 마스터! 마법진에 이상이 생겼습니다."

"뭐라? 어디에 이상이 생겼다는 것인가?"

"마법 자장을 송출하는 마법진이… 아! 중계탑으로 가는 것이 끊어졌습니다."

"중계탑… 한 곳만 그런 것인가?"

"아닙니다. 8개의 중계탑이 모두 정지됐습니다."

"이런… 알았다. 비상령을 발동하고 전군에 동원령을 하달하라!"

"네? 네넵!"

마법사들은 지금 대공이 카데인의 꼭두각시에 불과하다는 것을 잘 알고 있었다. 그러니 병력을 동원하는 명령을 그가 내리는 것이 자연스러운 일이라 치부했다.

"난 대전으로 갈 것이니 무슨 일이 벌어지면 바로 대전으로 달려오도록!"

"네, 마스터!"

마법사들의 대답을 듣는 둥 마는 둥 하며 카데인은 대전으로 달려갔다. 중계탑이 모두 망가졌다면 누군가 마법 자장을 해제할 목적으로 행한 일이 분명했다. 누군가가 황성을 노리고 오는 거라면 대공을 옆에 끼고 싸워야만 했다.

웅! 웅! 웅! 웅! 스파아앗!

커다란 공간의 문이 열리고 그 문을 통해서 마총병들이 일제히 달려 나왔다. 그들은 공간을 장악하고 사방으로 흩어지며 경계에 나섰다.

"나오는 대로 바로 방어 대형을 갖춰라!"

"추웅!"

미친 듯이 달려 나오는 마총병들은 지휘관의 수신호에 맞춰서 공간을 만들고 그 공간으로 후속 부대들이 속속 채워갔다.

"맥컬리! 1사단은 황궁을 장악하러 간다."

"충! 맡겨주십시오, 전하!"

"토리! 2사단을 이끌고 중간 차단을 하도록!"

"맡겨주십시오!"

3개 사단에게 각기 임무를 하달한 이안은 1사단과 함께 황궁을 향해서 달려 나갔다.

"마, 막아라! 절대 뚫려서는 안 된다!"

"쏴라! 크로스보우를 날려!"

황궁으로 가는 길목에 진을 친 근위병들이 마총병단을 발견하고 공격을 가했다.

"단숨에 날려 버려!"

빠바바바바바바방!

전진하며 마총을 발사하는 마총병들의 공격에 크로스보우를 겨냥하던 근위병들이 그대로 쓰러져 내렸다. 방패를 뚫고 지나가는 총탄의 위력 앞에 저항할 엄두도 내지 못하고 그대로 죽어나갔다.

"저항하는 놈들은 모두 사살한다. 가자!"

맥컬리는 장군이 된 이후 꿈에도 그리던 로크 제국의 황성을 점령하는 임무를 맡았다. 자연 목소리부터 힘이 가득 실렸고 누구보다 솔선수범하며 부하들을 이끌었다.

"멈춰라! 감히 여기가 어디라고!"

슈우웅! 콰앙!

강력한 일격이 날아들어 전진하던 맥컬리의 앞쪽에 떨어졌다. 10여 미터가 넘는 구덩이가 파일 정도의 공격에 마총병대의 발걸음이 멈춰졌다.

스르르르륫!

비행 원반을 타고 날아오는 사람을 본 맥컬리는 부지불식간에 그의 이름을 읊조렸다.

"칼리엄 공작… 으음……."

로크 제국의 소드마스터이자 한때 대륙제일인으로 불렸던 남자의 출현이었다. 그의 손에 들린 검 한 자루가 유난히 푸른빛을 발하며 강렬한 기세를 토해내고 있었다.

"저자는 내게 맡기고 계속 진군해."

"네? 넵, 전하!"

맥컬리는 어느새 나타나 자신의 앞에 서 있는 이안의 명령에 바로 대답하며 부하들에게 손짓했다.

"오랜만이군."

"그러게 말입니다. 칼리엄 공작."

"천둥벌거숭이처럼 날뛰던 애송이가 많이 컸군. 이제는 가늠조차 되지 않다니."

칼리엄 공작은 이안의 기도가 느껴지지 않는 것에 씁쓸한 미소를 지었다. 확실하게 자신을 뛰어넘었음을 직감했지만 싸우지 않고 그대로 보낼 수는 없었다.

"지난번에 못 지은 결착을 지어보자고."

"그러시던지."

"그럼 선공을 하겠네. 잘 받아보시게! 흐아압!"

힘을 모으기 위해 강한 기합을 터뜨린 칼리엄 공작은 검과 하나가 되어 그대로 이안에게 폭사되어 날아들었다. 거대한 하나의 검이 만들어내는 강맹한 기세는 태산이라도 쪼갤 것처럼 강력하게 투사되었다.

'인성은 몰라도 실력만큼은 대단하군.'

칼리엄 공작의 공격이 매섭게 이안을 휘몰아쳤다. 태산을 쪼갤 듯이 강맹하게, 때로는 독사가 먹이를 공격할 때처럼 독랄하게 빈틈을 노리며 수십 개의 환상을 만들어냈다.

"크으… 피하기만 할 셈인가!"

칼리엄은 자신의 공격을 유유히 빠져나가는 이안에게 일갈을 터뜨렸다. 반격을 하는 것도 아니고 그저 한 발자국 더 앞서 나가며 자신의 공세를 빠져나가기만 했다. 마치 자신의 공격이 어떻게 이루어질지 아는 것처럼.

"이제 공격해 보려고. 이렇게!"

이안은 광폭하게 밀려들어 오는 칼리엄 공작의 검세를 아슬아슬하게 피해 들어갔다. 그리고 가볍게 뻗어내는 몇 번의 움직임으로 검세의 흐름을 제압해 나갔다.

"크윽… 나를 가지고 논 것이냐!"

모든 것은 흐름이라는 것이 있다. 그런데 그 흐름을 툭툭 건드리는 것만으로 꼼짝 못하게 만들어버렸다. 검세가 이루어지지 않으니 속절없이 물러서며 다시 검세를 이루기 위해 시도할 수밖에 없었다. 기승전결 가운데 기승까지만 이루어지고 다시 또 해야 하는 그런 상황이 되자 칼리엄 공작은 검을 내려놓았다.

"하아… 하아… 차라리 죽여라, 죽이란 말이다!"

칼리엄 공작의 분노 어린 일갈에 이안은 고개를 가로저었다. 이미 칼리엄 공작의 검술은 자신에게 아무런 위해도 가하지 못하는 수준이 되어버렸다. 벨 가치도 없다는 것에 느릿하게 검을 뻗어갔다.

"크흑!"

칼리엄 공작은 느릿하게 다가오는 검에 짓눌려 갔다. 피할 공간도, 또 피할 방법도 찾을 수 없는 그 검의 움직임에 그저 입술을 지그시 깨물며 죽음을 기다렸다.

피피피핏!

이질적인 기운이 마나로드를 파고들었다. 그리고 시작되는 고통에 칼리엄 공작의 눈이 치떠졌다.

"으으……."

"죽지는 않을 것이다. 하지만 살아도 산 것은 아닐 테지. 그럼!"

이안이 신형을 돌리자 칼리엄 공작은 자신에게 무슨 짓을 했는지 뒤늦게 깨달았다.

"으아아아아! 차라리 나를 죽여라, 이놈!"

서서히 마나홀이 파괴되며 마나가 빠져나가기 시작했다. 탱글탱글하던 피부가 급격한 노화를 일으키며 쭈글쭈글해졌고 뼈도 지탱하지 못해 허리가 굽어져 버렸다.

"차라리… 주… 죽여… 죽여 달라고……."

웅얼거리듯이 죽여 달라고 말하는 칼리엄 공작을 뒤로한 채 이안은 크리스토퍼 대공이 있는 곳을 향하여 발걸음을 재촉했다.

"대공! 어서 갑시다, 어서!"

황성이 공격받는다는 것은 이미 크리스토퍼 대공도 알고 있었다. 그러나 10만에 달하는 병력이 있었고 그 외에 준비도 철저하게 되어 있었기에 큰 걱정은 하지 않았다. 귀족군이 악에 받쳐서 특작대라도 보낸 정도로 여기던 참이었다.

"무슨 일입니까, 카데인 경!"

크리스토퍼 대공은 대전에 모여 있는 귀족들과 회의를 하던 중에 들이닥친 카데인에게 은은한 분노를 터뜨렸다. 그러나 거침없이 붉은 주단을 가로질러 오는 카데인이 붉은 안광을 흩뿌리며 역으로 소리를 질렀다.

"도망가야 한다고. 이 병신 새끼야!"

"가, 감히……."

카데인이 욕설을 터뜨리는 것에 크리스토퍼 대공은 깜짝 놀랐다. 귀족들이 지켜보는 곳에서 그가 그런 언행을 할 거라고는 생각하지 못했기 때문이었다. 주종관계를 떠나 이목이 모이는 곳에서는 자신이 주인으로 행동하기로 했었기 때문이었다.

"살고 싶으면 어서 따라와. 어서!"

"아, 알겠습니다."

대공이 갑자기 복종하는 자세를 취하자 귀족들은 고개를 숙여 버렸다. 그들도 이미 대공이 카데인의 하수인이라는 것은 알고 있었던 것이다.

"황제… 황제를 데려가야 한다. 가자!"

"네? 네!"

카데인이 황제를 언급하자 대공 역시도 자신이 살려면 황제를 볼모로 잡아야 한다는 것을 깨달았다. 두 사람이 황제를 데리러 간다며 대전을 나서자 귀족들은 자리에 주저앉았다. 어찌 되었든 자신들을 죽이지 않고 떠난 것이 다행이라는 표정들이었다.

콰앙!

"헉! 누, 누구……."

"대공은 어디 있는가!"

웅혼한 마나가 실린 음성에 귀족들은 입구 쪽으로 시선을 집중했다. 대부분이 처음 보는 젊은 청년이 검 한 자루를 든 채 대전으로 들어서는 것이 보였다.

"레이너 공왕?"

"응? 저, 저 사람이 레이너 공왕이라는 겁니까?"

"맞다. 내가 이안 레이너 공왕이다. 대공은 어디 있는가?"

"황제! 황제 폐하를 모시러 갔소이다. 어서 가보십시오. 어서!"

황제를 데리러 갔다는 그 말에 이안은 서둘러 신형을 튕기듯이 날렸다. 황제를 대공이 데리고 사라진다면 제국의 풍운은 계속해서 이어질 것이기 때문이었다.

11장

최후의 싸움

당황해서 정신이 어질어질한 가운데 크리스토퍼 대공은 대전을 떠나 황제가 유폐되어 있는 곳으로 향했다. 이미 근위 기사를 비롯한 근위대는 적들을 막기 위해 총동원된 상태인 탓에 카데인과 그 휘하의 흑마법사들만 함께했다.

"적이 누구길래 이렇게 도망가야 하는 겁니까?"

"이안 레이너, 그자다."

"이안 레이너… 으득!"

절로 이가 갈리는 이름이었다. 락토르를 집어삼키려고 했 던 그때 자신을 막아선 인물이었고 덕분에 형인 황제를 암습

해야 했었다. 사사건건 자신의 앞길을 막아서는 것에 분노와 원망이 폭발하듯이 솟아올랐다.

"그자를 죽일 수 없는 겁니까? 카데인 님의 힘이라면……."

"이미 한 번 싸웠었다."

"네? 싸웠다면… 설마!"

"그 설마가 맞다. 내가 졌지. 그것도 아주 비참하게."

"이런……."

8서클을 이룬 데스리치인 카데인이었다. 그런 그이기에 복종을 하며 따랐던 것인데 그런 카데인이 졌다는 말을 하고 있었다.

"그놈을 상대하려면 마스터가 아니면 불가능하다. 그러니 어서 서둘러, 어서!"

"네? 네네!"

크리스토퍼 대공은 이안을 피해 도망가는 것이 그 무엇보다 싫었지만 복수는 나중에라도 할 수 있었다. 자신의 주인인 카데인이 마스터라고 부르는 그 존재는 궁극의 경지를 개척한 위대한 존재이니 말이다.

"어서 오십시오!"

황제의 침전으로 들어가는 입구에는 이미 10여 명의 흑마법사들이 대기하고 있었다. 하얗게 질린 창백한 안색과 거의 뼈만 남은 몰골의 사내 하나가 그들이 들고 있는 들것에 실린 채였다.

"대, 대공! 우리를 어쩌려는 겁니까?"

"살려주세요. 삼촌… 제발……."

흑마법사들의 뒤쪽에는 황비와 황제의 두 어린아이들이 제압당한 상태로 외쳐댔다. 그들은 대공인 크리스토퍼에 의해서 강제로 유폐된 상태였다가 황제와 함께 끌려나온 것이었다.

"바로 이동한다. 한곳으로 모여라!"

"끌고 가!"

흑마법사들이 우악스럽게 황비와 어린 황자들을 끌고 카데인의 옆으로 붙었다. 이미 마력 자장을 유지하는 중계탑이 부서진 탓에 심각한 방해 자장은 사라진 상태였다. 카데인은 수인을 모으며 모두를 데리고 공간 이동을 하기 위해 마법을 캐스팅했다.

"…메스 텔레포트!"

후웅! 스파앗!

마법진이 만들어지고 이내 공간 이동 마법이 완성됐다. 공간의 틈 사이로 빨려 들어가던 카데인과 그 일당들은 다행이라는 안도감으로 젖어들었다.

파앗! 스스스스슷!

"뭐, 뭐야? 왜 이런……."

"헉! 마법이 실패했습니다."

카데인은 공간의 틈을 빠져나왔는데도 도로 그 자리에 있는 것에 당혹성을 터뜨렸다. 흑마법사들도 어떻게 된 영문인지 몰라 그의 얼굴만 쳐다보는데 낭랑한 음성이 들려왔다.

"마법은 펼쳐도 소용없다."

"헉! 누, 누구… 레, 레이너 공왕……."

카데인은 이안이 검을 손에 쥔 채 자신들을 쳐다보고 있는 것에 뒤로 주춤거렸다. 어떻게든 빠져나갈 생각으로 마력을 끌어올렸지만 그 어떤 반응도 일어나지 않았다.

"마력을 모두 동결시켰으니 허튼수작은 안 하는 것이 이로울 거야."

"으으… 이노옴!"

카데인과 흑마법사들은 마력이 동결되어 아무런 반항도 할 수 없었지만 크리스토퍼 대공은 달랐다. 그는 칼리엄에게 사사한 검사였고 최상급의 익스퍼트였다. 비호처럼 날아와 이안을 공격하는 크리스토퍼 대공은 독랄한 검세를 펼쳐내며 목을 잘라내기 위해 필사적이었다. 그러나 무심하게 쳐내는 이안의 검이 검세가 완성되기 전에 흐름을 끊어내 버렸다.

퍼억! 주루루룩!

"크흑! 우웩!"

이안의 발이 그대로 대공의 복부를 걷어차자 그는 뒤로 사정없이 밀려났다가 바닥을 굴렀다. 욕지기를 터뜨리며 헛구역질을 하는 그는 극악한 고통에 일어서려다 도로 주저앉고 말았다.

"네놈은 나중에 처벌받게 될 것이다. 네놈의 형에게 말이야."

"으으……."

형이 깨어나게 된다면 아마 자신의 목은 그대로 단두대에서 잘려지게 될 것이었다. 하지만 그것보다 형을 보게 되는 그 순간이 두려웠다. 그것만은 절대 피하고 싶었기에 마지막 힘을 끌어올려 들것에 실려 있는 형에게로 몸을 날렸다.

"어리석은 놈!"

피핏! 털썩!

이안의 손에서 쏘아진 오러가 크리스토퍼 대공의 전신을 두들겼다. 그러자 몸을 날리는 모습 그대로 바닥에 처박힌 그는 눈만 데룩데룩 굴리며 절망에 빠져들었다.

"저놈은 이 정도로 하고… 다음은 네놈이다."

이안이 걸음을 서서히 옮겨오자 카데인은 공포에 절은 눈빛으로 주위를 살폈다. 10여 명의 흑마법사들이 있었지만 그들 역시 마력이 동결되어 아무런 행동도 할 수 없는 상태였다.

"으득… 나를 죽여라! 그 어떤 것도 얻어낼 수 없을 것이니. 크크크킥!"

카데인은 차라리 이안을 격동시켜서 자신을 죽이게 하려 했다. 데스리치인 자신을 죽인다고 해도 라이프베슬이 있는 곳에서 다시 되살아날 것이니 그것이 깔끔하게 탈출하는 방법이었다.

"그건 곤란하지."

이안은 오들오들 떨고 있는 흑마법사들에게 오러를 날렸다. 그의 오러가 흑마법사들에게 파고들자 그들은 마나로드가 모두 막혀 버리며 그대로 쓰러져 버렸다.

퍼걱! 퍼거걱!

"으으… 나를 조롱하려는 것이냐!"

카데인은 이안이 자신의 팔과 다리를 부수는 것에 분노의 일갈을 터뜨렸다.

"그럴 리가. 리치인 네놈을 영원히 좌절 속에 살게 하려면 이 방법이 최선이겠더라고. 크크크!"

머리와 심장을 감싸고 있는 뼈만 남기고 모두 부숴 버린 이안이 느릿하게 손을 뻗었다.

"뭐, 뭐 하는 짓이냐. 놔라! 나를 놓으란 말이다!"

"반항을 해도 상관없지. 종속의 인!"

후웅! 휘류류류류류류룽!

이안의 마력이 카데인의 머리와 심장으로 스며들어 갔다. 이미 종속의 인이 각인되어 있는 카데인이었기에 강한 반발이 일어났다.

"호오! 대단한데?"

혼돈의 기운이 스며들어 가자 마지막 드래곤의 힘에 의해 장악되어 있던 것이 서서히 깨어져 나갔다.

"끄으으… 으아아아악!"

비명을 질러대며 괴로움을 토로하던 카데인은 두 가지 상충되는 기운이 충돌을 일으키는 것에 서서히 정신이 붕괴되어 갔다.

'상상 이상으로 반발이 심하군… 이러다 정신 자체가 붕괴되어 버릴지도…….'

카데인이 죽는 거야 당연한 것이고 하등의 아쉬움을 느낄 이유가 없었다. 그러나 카데인을 통해서 얻어내야 할 정보는 지금 이 순간 그 어떤 것보다 중요했다. 카데인의 배후에 있는 존재, 덕분에 지금까지 9클래스라는 것도 숨긴 채 나서지 못했던 이유가 된 이가 숨어 있는 곳은 반드시 알아내야 했다.

"이런… 흐읍!"

카데인의 정신이 완전히 붕괴되며 소멸되려고 하자 이안은 더욱 강하게 혼돈의 기운을 불어넣었다. 그를 금제하고 있는 것을 마지막으로 강하게 공격할 셈이었다.

"끄아아아아악!"

카데인은 움직이지도 못하는 부위만 남은 상태에서도 퉁퉁 튕기며 떨어지기를 반복했다. 검은 기운과 회색빛의 기운이 서로 강하게 상충하다 이내 회색빛의 기운이 검은 기운을 잠식해 들어갔다.

"휘유… 다행이군."

카데인을 금제하고 있는 기운을 모두 제압한 이안은 이마에 흥건히 흐르는 땀을 훔치며 물었다.

"네놈의 배후에 있는 존재가 누구냐?"

"으으… 아르칸… 아르칸입니다."

"아르칸? 흠… 그가 마지막 드래곤이 내보낸 존재가 맞나?"

카데인의 해골은 붉은 안광이 강렬하게 빛났었다. 그러나 이안에게 제압당한 이후 흐릿하고 칙칙한 잿빛의 기운이 그 자리를 대신했다.

"맞습니다. 저 역시 칼루이베르트 님의 명령을 받고 이곳으로 왔습니다. 아르칸은……"

아르칸에 대한 정보를 소상하게 이야기하는 카데인을 보며 이안은 알고자 하는 단 한 가지에 대해서 물었다.

"그는 지금 어디에 있지?"

"아르칸은…… 드칼루 산맥에 있습니다."

"드칼루 산맥? 역시 그랬군."

드칼루 산맥은 대륙의 정중앙에 위치한 고원 지대에 있었다. 1만 미터가 넘는 거대한 봉우리들이 수십 개에 이를 정도로 높고 험한 곳으로 인간의 발길이 미치지 못하는 곳이었다. 신들의 거처라고 사람들이 믿을 정도로 마나가 짙고 이상한 기운이 소용돌이치는 곳이라 마법도 사용할 수 없었다.

'그곳이라면… 숨어 지내기에 최적이었겠지.'

어지간한 마법사는 마법을 사용할 수도 없는 곳이니 신들의 눈을 피해 숨어 있었을 것이었다. 그 어떤 기운도 맥을 추지 못하는 곳이니 신들의 눈으로도 발견하지 못했을 것이고 말이다.

"아르칸만 그곳에 있느냐?"

"그럴 리가 있겠습니까? 북방의 대리자 칸톤, 그리고 남방의 대리자 라이칸이 함께 있을 겁니다."

"두 대리자의 실력은?"

"저와 비슷합니다. 하지만 아르칸은 궁극의 경지에 도달한 분입니다."

종속 관계에서 벗어났음에도 여전히 아르칸을 공경하는 모습을 보였다. 그렇다면 그가 이룬 경지가 결코 낮은 경지는 아닐 것이었다.

'힘든 싸움이 되겠군. 궁극의 경지를 넘어선 데스리치와 싸워야 한다면.'

그것보다도 카데인급의 데스리치가 둘이나 더 있다는 점이 걸렸다. 지금 상황에서 카데인을 상대할 사람은 자신밖에 없었고 마탑의 탑주들이 상대하려면 적어도 20명은 달라붙어야 할 것이었다. 그것도 로이건 후작급의 마탑주로 20명이었다.

"전하! 전하 어디 계시옵니까!"

멀리서 자신을 찾는 소리에 이안은 맹렬하게 돌아가던 머리 회전을 멈췄다. 홀로 생각을 한다고 해서 나올 답이 아니었으니 모두가 모인 자리에서 아르칸에 대한 것을 논의하는 것이 옳다는 결정을 내렸다.

"여기다! 여기로 오라!"

멀리서 우르르 달려오는 자들은 맥컬리를 비롯한 마총병단이었다. 이미 마총을 발사하는 소음이 잦아들었기에 대강 정리가 끝났음을 알 수 있었다.

'아차! 황제를 깨워야겠구나.'

황제를 깨워야 모든 것이 깔끔하게 돌아간다. 그가 정신을 차린 모습을 보면 저항하는 세력도 무릎을 꿇을 것이니 말이다.

"무, 무슨 짓을 하려는 겁니까? 멈추세요!"

황비는 이안이 황제에게 다가가자 그 앞을 막아섰다. 두려움에 떨면서도 어떻게든 막아서려 하는 그녀의 모습에 이안은 빙그레 미소를 지었다.

"나는 레이너 공국의 공왕, 이안 폰 레이너입니다. 지금 사태를 진정시키려면 황제께서 깨어나야 합니다. 그러니 안심하고 비켜서십시오."

"저, 정말인가요?"

"죽이려 했다면 황제는 이미 죽었을 겁니다."

"으음… 아, 알겠어요. 부디……."

황비가 말을 끄는 이유를 이안도 잘 알고 있었다. 카데인을 제압하고 자신들의 생명을 쥔 자들을 모두 쓰러뜨린 이안이었다. 그러니 새롭게 생명을 쥐고 흔들려고 하는 것은 아닌지 걱정이 되었으리라.

"앱솔루트 리커버리!"

후웅! 휘류류류류류류릉!

절대적인 회복 주문이 황제에게 퍼부어졌다. 어마어마한 마력의 소용돌이가 시체처럼 널브러져 있는 황제의 몸을 휘감았다.

"크륵… 허어억!"

아무런 미동도 없던 황제의 몸이 급격한 변화를 일으켰다. 온몸에 생기가 돌기 시작하며 그의 몸이 새우 꺾이듯이 앞으로 말렸다. 그리고 영원히 떠지지 않을 것 같던 그의 눈이 번쩍 치떠졌다.

"폐, 폐하! 폐하! 정신이 드시옵니까!"

황비는 자신의 부군이 눈을 뜨자 뜨거운 눈물을 흘리며 그의 몸을 끌어안았다.

"이런… 쩝!"

부인이 남편을 끌어안는 것이 별일이겠냐마는, 치료가 다 끝나지도 않았는데 저러는 것을 보니 주책이라는 생각이 들었다.

"흐으… 내가… 왜……."

황제는 자신이 왜 이런 몰골로 뜰에 나와 있는지 알지 못했다. 서서히 가물거리는 시야로 주변을 살피다 이안과 흑마법사들, 그리고 죽은 듯이 쓰러진 자신의 동생을 볼 수 있었다.

"그… 그런가… 그랬었단 말이로군."

자신이 쓰러졌던 것과 황궁의 침전에 유폐되었던 것을 뒤늦게 떠올릴 수 있었다. 그리고 자신을 구해준 이가 저 젊은 청년이라는 것도 말이다.

"그대가 나를 구했는가?"

"그렇소."

"고맙다. 내 필히 이번 일에 대한 보답을 하겠다."

"그러시던지. 그럼!"

이안이 바닥에 눕혀져 있는 카데인에게 마력 제한을 풀어 주었다. 그러자 부서졌던 그의 몸이 다시 원상 회복되며 데스 리치로 변모해 갔다.

'카데인… 아르칸과 싸우려면 이놈의 힘도 필요하겠지. 그 럼 한 놈만 더 상대할 전력을 구하는 것이 급선무겠군.'

아르칸을 제압할 전력을 구축하여 바로 떠날 생각이었다. 아마 죽음을 각오한 원정 길이 될 것이 분명했다.

로크 제국의 사태는 황제가 깨어나고 크리스토퍼 대공이 붙잡힌 것으로 시시하게 끝나고 말았다. 물론 불씨는 계속 남 아서 커다란 불이 될 여지는 남았는데, 바로 서부 귀족 가문 의 일이었다. 잘못되었다고 해도 황제의 권력 대리인인 크리 스토퍼 대공에게 반기를 들었다는 것이 문제로 남을 것이니 말이다.

"모두 준비하십오. 이제 곧 드칼루 산맥의 초입입니다!"

낭랑하게 준비하라고 외치는 누군가의 신호로 비공정 갑 판에 사람들이 모여들었다.

하나같이 각국에서 싸움깨나 한다는 사람들은 죄다 모여 있었다.

'11명의 마스터와 17명의 7클래스 마도사들이라… 흐

음…….'

저 정도의 전력이라면 충분히 카데인급의 8서클 리치를 상대할 수 있을 거라 생각했다. 마법으로 상대하기 어렵다고 해도 마스터만 11명이니 그들이 분전해 주기를 바랐다.

'거기다 저놈도 있으니까. 후후!'

이안은 비공정의 위쪽으로 빠르게 유영하듯이 날고 있는 거대한 생명체를 바라보았다. 드레이크는 주인이 오랜만에 자신을 부르고 이렇게 멋진 곳으로 데리고 와준 것을 기뻐했다. 그리고 이런 멋진 곳을 자신의 영역으로 만들 생각에 여념이 없었다.

스릇! 스르르르릇!

비공정 3대가 내려서고 300명의 기사들도 모두 하선하여 이안을 기다렸다. 각국의 최정예로서 최소 익스퍼트 상급 이상의 기사들로 엄선된 원정대였다.

"모두 준비는 되었는가!"

"네, 전하!"

기사들은 이안의 눈빛을 마주 쳐다보며 뜨거운 불길을 뿜어냈다. 바로 세상을 구한다는 신념이 담긴 기사 본연의 사명감이 그것이었다.

"그럼 가자!"

"추웅!"

아르칸 원정대는 이안을 선두로 하여 드칼루 산맥으로 진입했다. 초입부터 인간의 영역에서는 찾아보기 어려운 언데드 몬스터 무리와의 싸움으로 서전을 장식해야 했다.

─크카카카! 살아 있는 자들에게 죽음을!

─흐키키킥! 죽어라! 나의 안식을 방해하는 자들이여!

데스리치 킹이 지배하는 곳이라 그런지 수만이 넘는 언데드 군단이 밀려들었다. 사악한 기운과 정체불명의 기운이 함께 느껴지는 언데드 군단의 출현에 일행들은 각자의 포지션을 찾아가며 전투에 돌입했다.

"삿된 무리들이여, 죽음으로 돌아갈지어다! 턴 언데드!"

성녀 아이린의 신성 주문이 미친 듯이 달려드는 언데드 군단에게로 떨어져 내렸다. 막대한 신성력이 죽음의 안식을 선사하며 여기저기가 펑펑 터져 나갔다. 그러나 수는 점점 늘어갔고 온갖 언데드들과의 드잡이질이 시작되었다.

─크카카카! 여기가 어디라고 들어오는 것이냐. 죽음으로 그 죄를 씻어라!

─모두 죽어라! 하나도 남김없이!

사악한 기운이 풀풀 풍기는 음성이 메아리치듯이 들려왔다. 그러자 이안의 뒤에서 따라오던 카데인이 입을 열었다.

"주인. 칸톤과 라이칸입니다."

"역시… 지금 언데드들이 살아난 것도 그들이 한 것인가?"

"데스 필드가 만들어져 있습니다. 이곳에서는 모든 죽은 것들이 되살아납니다."

"데스 필드라… 그렇군."

언데드들의 힘을 더욱 강하게 만들어주는 흑마법으로 살아 있는 것도 죽는 즉시 언데드로 부활하게 만드는 주문이었다. 그런 마법이 걸려 있다면 상당한 부담이 될 것이었다.

"데스 필드를 깨뜨리려면 어떻게 해야 하지?"

"시전자를 죽이거나 디바인 마크를 깨뜨리면 됩니다."

"그렇군. 그렇다면……."

이안은 두 대리자를 죽여서 데스 필드를 깨뜨리는 것이 최선이라 판단했다. 급히 마나를 움직여 허공으로 날아오르며 기운이 느껴지는 곳을 향해 검을 날렸다.

"가랏!"

후웅! 피리리리리릿!

점점 거대해지는 검이 미증유의 거력을 동반한 채 북방의 대리자인 칸톤을 향해 쏘아져 나갔다.

─크카카카! 감히!

콰앙! 콰드드드드등!

이안이 날린 거검과 두 대리자가 시전한 마법이 허공에서 부딪혔다. 거대한 마나의 파편이 하늘을 울긋불긋하게 수놓았고, 서서히 그 파편들을 뚫고 거검이 전진해 나갔다.

―크앗! 블링크!

―이, 이런… 카오스 실드!

두 대리자는 죽음의 위기를 느끼자 상반된 행동을 보였다. 하나는 도망을 선택했고 다른 하나는 전력으로 방어하는 거였다.

'덕분에 하나는 죽였군.'

혼돈의 기운을 모두 끌어모아 방어막을 시전한 남방의 대리자 라이칸에게로 거검이 그대로 쏘아져 들어갔다. 강력한 방어막에 부딪힌 거검은 잠시 주춤했지만 이내 더욱 빠르게 막을 통과하여 라이칸의 몸을 가루로 만들었다.

"와우! 한 놈이 죽었다."

"역시 공왕 전하시라니까. 하하하!"

언데드들과 드잡이질을 하면서도 이안의 싸움을 곁눈질로 살피던 기사들은 우레와 같은 함성을 내지르며 기뻐했다.

"정신 차려라! 우리의 싸움에 집중하도록!"

"그러다 뒈진다. 어이어이!"

마스터들을 중심으로 철저한 집단 병진으로 맞서던 그들은 정신 차리라는 외침에 다시 집중하며 치열한 공방을 벌여나갔다.

스스스스스슷!

―크카카카! 대단하구나, 대단해. 하지만 여기서는 나를 죽

일 수 없다!

가루가 되어 소멸된 것으로 생각했던 라이칸이 다시 허공 중에 나타났다. 그의 재등장에 이안은 아랫입술을 질끈 깨물며 데카인을 돌아보았다.

"어떻게 된 건지 알고 있나?"

"아르칸 님의 힘입니다. 라이프베슬을 그분이 가지고 있으면 죽여도 바로 부활할 겁니다."

"으음… 빌어먹을!"

결국은 저들을 죽이고 또 죽인다고 해도 아르칸이 살아 있다면 아무런 소용이 없다는 뜻이었다.

'아르칸을 죽여야 한다. 피해가 생긴다고 하더라도…….'

원정대를 어떻게든 피해 없이 되돌려 보내려 했지만 이대로는 어림도 없는 짓이었다. 아르칸을 자신이 처리하는 동안이들이 무사히 살아남기를 바라는 것이 최선이었다.

"카데인, 네가 한 명을 맡아서 버텨라. 할 수 있겠나?"

"물론입니다. 북방의 대리자… 저놈은 언제고 손을 봐줄 생각이었습니다. 크카카카!"

카데인은 자신에게 굴욕감을 느끼게 했던 북방의 대리자 칸톤에게 이를 갈며 그자를 맡겠다고 호언했다.

"알았다. 칸톤을 네가 맡아라. 아이린!"

"말씀하세요."

"데카인이 칸톤을 맡을 테니 그대가 라이칸을 견제해 줘. 나머지는 동료들에게 맡기고."

"걱정하지 말아요. 여기는 우리에게 맡겨요."

"믿는다!"

이안은 아이린에게 이런 어려운 임무를 맡기는 것이 미안했지만 그녀 또한 성녀였다. 그 누구보다 이런 싸움에 큰 힘을 발휘할 수 있는 신성력을 지닌 존재인 것이다.

"타핫!"

이안은 그대로 신형을 날려 허공으로 날아올랐다. 에쉬드 브레스를 뿜어내며 언데드 군단을 공중에서 공격하던 드레이크가 날아와 이안을 태웠다.

─주인, 어디 가나?

"최악의 적을 상대하러 간다. 저곳으로!

─웅! 주인을 돕는다. 간다!

드레이크를 탄 이안은 수십 개의 고봉 중에 한 곳을 가리켰다. 그곳에서 느껴지는 혼돈의 기운이 마치 자신을 부르고 있는 것 같았다.

저벅! 저벅! 저벅!

걸음을 옮길 때마다 동굴이 울리며 마치 누군가가 자신의 뒤를 따르는 듯한 울림이 계속해서 이어졌다. 거대한 동굴을 걸어가던 이안은 어둠의 기운이 점점 짙어지는 것을 느꼈다. 그리고 마치 선을 그어놓은 것처럼 일정 범위 안에서만 맴도는 것을 보며 결계가 쳐져 있다는 것을 알 수 있었다.

'신들의 눈을 가리기 위함인가? 역시…….'

일정 시간이 지날 때마다 어둠의 빛이 뿜어져 나왔다. 그 빛은 기운을 억누르며 안에만 머물도록 하고 있었다.

'저기 있군.'

여유작작한 모습으로 의자에 앉아 있는 아르칸의 모습이 보였다. 해골로 이루어진 의자는 그로테스크한 모습이었는데 사악한 안광을 뿜어내는 그를 보자니 또 어울리는 모습으로 보였다.

"왔는가?"

사이한 음성이 울리듯이 들려왔다. 앙상한 뼈만 남은 팔로 턱을 괸 아르칸은 오랜만에 만난 친구라도 맞이한 양 다정하게 손짓하는 여유를 보였다.

"기다렸나 보군."

"그랬지. 언젠가는 이런 날이 올 거라 생각했으니까."

"싸우기 전에 한 가지만 묻자."

"크크크! 뭐가 그리 궁금한가?"

"왜 처음부터 나서지 않았지? 그대의 힘이라면 능히 세상을 멸망으로 몰아갈 수 있었을 텐데 말이야."

이안이 궁금했던 점은 아르칸이 왜 전면에 나서서 싸우지 않았는가 하는 점이었다. 100년 전에 세상에 나섰다면 그 누구도 그의 대적이 되지 못했을 것이었다.

"재미없으니까."

"재미가 없다? 큭… 이유가 너무 재미없군."

"너도 느끼게 될 거야. 아무런 적도 없는 싸움이라는 것을. 그리고 그런 삶이라는 것을 말이지."

아직은 알 수 없는 종류의 말이었다. 먼 훗날 그런 감정이 자신에게 찾아올지 모르겠지만 지금으로서는 어리석다는 생각이 들 뿐이었다.

"궁금증은 풀렸는가?"

"어느 정도는. 아직은 모르겠지만 말이야."

"크크크! 살아남게 된다면 나중에 알게 될 거야. 살아남을 수 있다면 말이지."

"아아! 걱정하지 말라고. 난 끝까지 살아남을 테니까."

"그러기를 바라지. 가자!"

"좋지. 나 레이너 공국의 공왕이자 마법의 궁극에 도달한 자! 그대에게 생사결을 청한다!"

"크크큭! 나 아르칸이 그대의 생사결을 받아들이지. 오랏!"

아르칸의 전신에서 폭풍처럼 혼돈의 기운이 뿜어져 나왔다. 수백 년간 수련한 그의 흑마법과 맞닥뜨린 이안은 죽음을 각오한 채 생사결을 시작했다. 거력과 거력이 충돌하며 신들의 산이라 불리던 드칼루 산맥이 처절하게 터져 나갔다. 하늘마저 혼돈의 기운으로 물들어 어둠에 휩싸인 채 그들의 싸움을 초조하게 지켜볼 뿐이었다.

12장

에필로그

"전하! 경하드리옵니다!"

"레이너 왕국에 영광이 있기를!"

엄청난 인파가 몰려들어 이안에게 진심 어린 축하의 인사를 올렸다.

화려한 의복을 걸친 이안은 특수 제작된 매직 웨건의 루프탑에 반신을 드러낸 채 손을 흔들었다.

"와아아! 황녀 전하, 너무 예뻐요!"

"휘익! 공주님이 더 예쁘세요. 와아!"

"아니지, 그건 아니지! 뒤에 계신 에일리 님이 훨씬 더 예쁘시다고!"

사람들은 매직 웨건의 행렬에 대고 우레와 같은 함성과 외침을 토해냈다.

"이게 뭐냐… 왕인 친구가 하나 있는데 세상 예쁜 신부는 모두 독차지하고……."

"그러게… 우리는 그런 친구를 매직 웨건에 태우고 따까리 노릇이나 하고 있으니."

"그러려니 해라. 세상을 구한 영웅이잖냐. 쩝!"

"에잇! 불공평한 세상 같으니."

맥컬리와 토리 등은 매직 웨건을 조종하며 구시렁거렸다.

그들이 뒤를 돌아보자 쭉 늘어서서 행진하는 매직 웨건에 신부 복장을 한 여인들이 줄을 잇고 있었다.

"신부가 도대체 몇 명인 거야?"

"17명이더라. 각국의 결혼 적령기인 공주란 공주는 모두 몰려왔어."

"끄응… 나도 결혼하고 싶다."

"나도, 나도."

친구들이 구시렁거리는 소리를 들은 이안은 미소를 지은 얼굴로 입술을 움직였다.

"어쩌겠냐. 무조건 결혼해야 한다고 난리를 치는데 말이지. 제길……."

이안도 이렇게 결혼하는 것이 마음에 들지 않았다.

하지만 세상사가 모두 자신의 마음대로 되는 것은 아니지 않던가.

아르칸과의 최후의 결전에서 승리한 이후 세상에 존재하는 모든 나라에서 공주를 보내왔다.

첩이라도 좋으니 무조건 그와 결혼을 해야 한다면서 말이다.

'뭐 어쩔 수 없는 선택이었을 테지만… 그래도 너무하는구먼. 쯧!'

결혼 동맹이 아니면 자신들을 모두 죽이라고 어깃장을 놓는 것에 어쩔 수 없이 받아들인 결혼이었다. 오늘은 그 결혼식을 하는 날이었다.

"아웅! 신라앙!"

매직 웨건에 타고 있는 또 다른 여인, 바로 조강지처라고 할 수 있는 그녀의 부름에 이안은 흐뭇한 미소를 지은 채 대답했다.

"조금만 참으렴. 알았지?"

"우웅! 에일리는 참을 거다. 신랑!

에일리를 비롯한 신부들을 바라보던 이안은 아르칸과 싸운 것이 더 쉬운 싸움이었을 거라는 생각이 들었다.

그리고 앞으로 벌어질 저 여인들과의 싸움이 그 어떤 싸움보다 어려운 싸움이 될 것 같았다.

"될 대로 되라지! 빌어먹을!"

———— 『이안 레이너』 완결